Senckenbergische Naturforschende Gesellschaft

Natur und Museum

Senckenbergische Naturforschende Gesellschaft

Natur und Museum

Unveränderter Nachdruck der Originalausgabe von 1871.

1. Auflage 2024 | ISBN: 978-3-38632-006-1

Antigonos Verlag ist ein Imprint der Outlook Verlagsgesellschaft mbH.

Verlag: Outlook Verlag GmbH, Zeilweg 44, 60439 Frankfurt, Deutschland, info@outlook-verlag.de
Vertretungsberechtigt: E. Roepke, Zeilweg 44, 60439 Frankfurt, Deutschland
Druck: Libri Plureos GmbH, Friedensallee 273, 22763 Hamburg, Deutschland

Bericht

über die

Senckenbergische

naturforschende Gesellschaft.

1870–1871.

Frankfurt a. M.

Druck von Mahlau & Waldschmidt.

1871.

Bericht

über die

Senckenbergische naturforschende Gesellschaft

in

Frankfurt am Main.

Von Juni 1870 bis Juni 1871.

Die Direction der Senckenbergischen naturforschenden Gesellschaft beehrt sich hiermit, statutengemäß ihren Bericht über das Jahr 1870 bis 1871 zu überreichen.

Frankfurt a. M., im August 1871.

Die Direction:

Prof. Dr. phil. W. H. Schmidt, d. 3. erster Director.
Dr. sc. nat. J. C. Noll, d. 3. zweiter Director.
J. D. Wetterhan, d. 3. erster Secretär.
Dr. med. H. Schmidt, d. 3. zweiter Secretär.

Bericht

über die

Senckenbergische naturforschende Gesellschaft

in

Frankfurt am Main.

Erstattet am Jahresfeste, den 21. Mai 1871,

von

Prof. Dr. W. H. Schmidt,

d. Z. erstem Director.

———

Meine Herren!

Es ist mir der Auftrag geworden, Ihnen am heutigen Jahresfeste den Bericht über unfre Gesellschaft abzustatten und ich kann mich dieser Aufgabe um so lieber unterziehen, als ich zu bestätigen vermag, daß trotz der Ereignisse des vergangenen Jahres eine Störung in dem inneren Leben unfrer Gesellschaft nicht stattgefunden, sondern vielmehr das eifrige Streben so vieler thätigen Mitglieder auch aus diesem Jahre eine Menge schöner Früchte aufzuweisen hat.

Die Zahl unfrer beitragenden Mitglieder hat sich leider gemindert, indem uns der Tod eine Anzahl langjähriger und bewährter Freunde entrissen hat, und die Zahl der neu aufgenommenen erreicht noch nicht ganz die Zahl der abgegangenen; doch hoffen wir, daß die entstandene Lücke durch Eintritt neuer Mitglieder wieder ersetzt werden wird.

Gestorben sind die Herren B. Andreä-Claus, J. A. Engelhard, H. W. E. Gölzenleuchter, Dr. jur. C. H. Häberlin, J. Hörle, Dr. med. B. Mardner, C. Mylius, Ferd. Schaub, G. H. Schnell, Ehrenfried Wecker, ferner Frau Lutteroth, geb. Gontard, und Frau Pfarrer Stein, geb. Grunelius.

Besonders schwer wurden wir betroffen durch den Tod des Herrn Dr. Mardner, der die Stelle des ersten Secretärs bekleidete und durch seine Zuverlässigkeit nicht minder, wie durch sein wissenschaftliches Streben für unsre Gesellschaft zu den schönsten Hoffnungen berechtigte. Wir ehrten sein Andenken in einer besonderen Sitzung und hoffen, Ihnen in dem gedruckten Jahresbericht einen Nekrolog desselben geben zu können.

Weggezogen ist Herr Dr. med. R. Rubino, ausgetreten sind die Herren W. F. Jäger, L. Ficus, J. F. Jänicke, Hofrath E. von Pander, H. Seligmann, M. Stettheimer, Ed. Reinganum, F. D. Schuster. In die Zahl der beitragenden Ehrenmitglieder wurden dagegen aufgenommen die Herren Ferdinand Graubner, Dr. jur. E. I. Häberlin, C. I. Mylius, I. M. Grumbach, L. A. A. Schmidt und Heinrich Schnell.

In die Zahl der arbeitenden oder wirklichen Mitglieder trat ein Herr Dr. phil. Eugen Askenasy.

Herrn Professor Rose in Berlin beglückwünschten wir zu seinem 50jährigen Doctorjubiläum und ernannten ihn zum außerordentlichen Ehrenmitgliede, worauf er uns in einem dankenden Schreiben erwiederte.

Aus der Zahl unsrer correspondirenden Mitglieder verloren wir, so weit uns davon Kunde geworden, Herrn Hofrath C. G. Carus in Dresden, in weiten Kreisen bekannt durch seine Schriften auf dem Gebiete der Naturwissenschaften, Philosophie und Aesthetik, seit 1822 unser correspondirendes Mitglied; Herrn Ritter Dr. W. von Haidinger in Wien, den Gründer der k. k. geol. Reichsanstalt, unser correspondirendes Mitglied seit 1849; endlich Herrn Dr. Scoutetten in Metz, früher an der Academie zu Straßburg, unser correspondirendes Mitglied seit 1830. — Dagegen wurden zu correspondirenden Mitgliedern ernannt die Herren Ferd. von Müller in Melbourne, ausgezeichnet auf dem Gebiete der Botanik, unser Landsmann Dr. Haast, Staatsgeolog zu Christ-Church in Aukland auf Neu-Seeland, und John Matthew Jones zu Halifax in Neu-Schottland, dem unsre Sammlung bereits zu Dank verpflichtet ist.

Die Direction wurde statutengemäß ergänzt. Es trat aus: der um unsre Gesellschaft hochverdiente bisherige erste Director Herr Dr. Rein. An seine Stelle wurde gewählt Herr Prof. Dr. W. H. Schmidt. An Stelle des allzufrüh verstorbenen Herrn Dr. B. Marbner wurde gewählt Herr J. D. Wetterhan zum ersten Secretär. Die Stelle des zweiten Directors bekleidet auch in diesem Jahre Herr Dr. Roll, die des correspondirenden Secretärs Herr Dr. med. Heinrich Schmidt.

Herr Theodor Passavant hat auch in diesem Jahre das beschwerliche Geschäft der Cassenführung mit unermüdlicher Ausdauer besorgt, wofür ihm die Gesellschaft fortwährend zu aufrichtigstem Danke verpflichtet ist.

Die Büchercommission, welche die Anschaffung neuer Werke zu besorgen hat, sowie die Redactionscommission, der die Ausführung unsrer wissenschaftlichen Abhandlungen obliegt, sind unverändert geblieben. Die erstere besteht aus den Herren Dr. F. Hessenberg, Prof. Dr. Lucä und Dr. Roll, denen sich für die Redactionscommission noch die Herren Dr. med. Melber und Hauptmann von Heyden zugesellen.

Aus der Revisionscommission schieden nach der Geschäftsordnung

aus die Herren A. B. H. Goldschmidt und August Ihm. In der dieses
Jahr leider sehr verspäteten Generalversammlung, die erst am 27. April
stattfand, wurden an ihre Stelle neu gewählt Herr Heinrich Flinsch
und Herr Director L. Vogt. Die außer diesen Neugewählten Verbliebenen
sind dem Dienstalter nach die Herren Dr. jur. Schulz, F. Osterrieth-
von Harnier, A. Bolongaro-Crevenna und Anton Hahn.

In unseren Sammlungen herrscht fortwährend eine große Thätigkeit, und sind auch in diesem Jahre nicht unbeträchtliche Ausgaben für
dieselben gemacht worden. Der seit vorigem Jahre auch dem Publikum
zugängig gemachte Saal für Botanik zog fortwährend die Aufmerksamkeit
desselben auf sich. Herr Dr. Geyler, dem unsre Gesellschaft andauernd
zu großem Danke verpflichtet ist, widmet der botanischen Sammlung eine
rege Thätigkeit. Wir kamen seinen Wünschen entgegen durch Ankauf einer
größeren Sammlung antarktischer und klein-asiatischer Pflanzen. Als zur
Aufstellung besonders geeignet kauften wir eine Sammlung vortrefflich aus-
geführter Gypsmodelle von Pilzen, die heute zum ersten Mal zur Beschauung
aufgestellt sind und auf die ich Sie hiermit besonders aufmerksam mache.
Neben Herrn Dr. Geyler nimmt sich fortwährend Herr Adolf Metzler
unserer botanischen Sammlung an. Herr Dr. von Fritsch widmet in uneigen-
nützigster Weise seine Zeit der Ordnung unserer geologischen Sammlungen.
Zur Unterstützung seiner Bestrebungen, sowie zum Gebrauch in seinen Vorlesungen schafften wir einen werthvollen Polarisationsapparat nebst einer
Auswahl von Mineralschliffen an. — An Wirbelthieren wurden neben einigen kleineren Anschaffungen insbesondere 46 Species von, zum Theil ganz
neuen, Fischen des rothen Meeres von Herrn Dr. Klunzinger gekauft, welcher längere Zeit in unsrer Sammlung gearbeitet hat. — Die fortwährende
Vermehrung unsrer Sammlungen nöthigt uns, zu deren Schutz und Unter-
bringung wiederholt neue Herrichtungen zu machen. So finden Sie in dem
Saale der mineralogischen Section eine Anzahl Kasten mit Schubladen, desgleichen wurden ähnliche für Lepidopteren angeschafft. — Für Ethnologie wurden
von unserm verstorbenen außerordentlichen Ehrenmitgliede, Herrn von der Lau-
nitz, ausgeführte 12 Racenschädel-Abgüsse angeschafft. — Die schon im vorjährigen Berichte erwähnte Roßmäßlersche Sammlung ist nun eingetroffen und
aufgestellt. Die Herren D. F. Heynemann und Dr. Kobelt haben sich
der Aufstellung mit dankenswerthestem Eifer angenommen. Einen Beleg für
das Interesse, welches gerade jetzt durch die neue malakozoologische Gesellschaft geweckt ist, mag Ihnen das nachher aufzuführende Verzeichniß der
Geschenke auf diesem Gebiete geben. Wir dürfen hoffen, daß unsere Sammlung in den Malakozoen demnächst einen hervorragenden Rang einnehmen
wird, und es könnte bald geschehen, daß die Kräfte unserer so bewährten
und tüchtigen beiden Custoden Herren Erckel und Koch in der Anstellung
eines Custos für die niederen Thiere eine Hülfe erhalten müßten.

Bei so regem Streben von allen Seiten müssen wir mit Besorgniß
unsern Blick auf unsre Räumlichkeiten wenden. Bald dürften dieselben nicht
mehr ausreichen. Wenn nun auch, wie leicht möglich, der physikalische Verein, da es auch ihm bei uns zu enge wird, unsre Räume verläßt, so wird
dadurch doch nur auf einige Zeit Raum gewonnen werden, aber dann der

Rothstand von Neuem eintreten. Die Möglichkeit eines Anbaues ist uns auf der einen Seite durch den Bibliothekbau, auf der andern Seite durch die Errichtung des neuen Gewächshauses abgeschnitten, und so verfolgen wir denn mit ängstlichem Interesse den Verlauf der Verhandlungen, welche gegenwärtig zwischen unsern Behörden und der Senckenbergischen Stiftungsadministration wegen Verlegung des Bürgerspitals schweben. Ob dabei auch für unsre Gesellschaft etwas Erspriessliches gewonnen werden könnte, vermögen wir kaum jetzt schon zu entscheiden.

Unsere wissenschaftlichen Sitzungen wurden auch in dem verflossenen Winterhalbjahre ohne Unterbrechung und unter lebhafter Betheiligung abgehalten und legen Zeugniss ab für die mannigfachen Seiten der Naturwissenschaften, mit denen sich unsre Mitglieder beschäftigen. Die Vorträge werden wieder eine wesentliche Beigabe unseres zu druckenden Jahresberichts bilden. Dieselben waren der Reihe nach folgende:

Dr. von Fritsch, über die Erdbeben des Jahres 1869 zu Groß-Gerau und Umgegend.

Oberlehrer Dr. Finger und J. D. Wetterhan, über während der letzten Nordpolexpedition von Herrn Ellinger gesammelte Pflanzen.

Dr. Koch, über Geaster, Fam. Gastromycetes.

Prof. Dr. Lucä, über Dursy, Entwicklungsgeschichte des Kopfes des Menschen und der höhern Wirbelthiere.

Dr. Koch, über fossile Cephalopoden.

Prof. Dr. Lucä, über den Einfluß der Rückenstrecker auf den Schritt.

Dr. W. Stricker, über die afrikanische Thierfabel im Vergleich mit der europäischen.

Dr. von Fritsch, über einige neuere Funde in den ältesten Tertiärschichten der Umgegend von Frankfurt.

Dr. Rein, über Erdnuß und Oelpalme.

Die Vorlesungen erfreuten sich auch in diesem Jahre eines zahlreichen Besuchs und wirkten in vielen Beziehungen anregend auf die Zuhörer. Dieselben wurden auch diesmal wieder durch ein gemeinsames Verzeichniß der Vorträge angekündigt, welche von den in den Senckenbergischen Räumen wirkenden Vereinen veranstaltet waren. Herr Dr. Noll trug die Naturgeschichte der wirbellosen Thiere vor, worauf von Ende October an Herr Prof. Dr. Lucä die Naturgeschichte der Wirbelthiere behandelte. Herr Dr. von Fritsch trug im letzten Winter Mineralogie vor, desgleichen Dienstags Paläontologie der Gliederthiere und der Wirbelthiere.

Von unsern wissenschaftlichen Abhandlungen ist der 7. Band mit Heft 3 und 4 vollendet und bereits versendet worden. Er reiht sich seinen Vorgängern würdig an und wird ebensowohl dazu beitragen, unsrer Gesellschaft die Anerkennung im In- und Auslande zu erhalten, als er andrerseits als werthvolles Tauschobject auch auf die Bereicherung unsrer Bibliothek eine günstige Rückwirkung übt. Wir haben in dieser Absicht den Austausch unsrer Abhandlungen nun auf das Comitato geologico zu Florenz und die Natural history society zu Montreal in Canada ausgedehnt. — Das 3. und 4. Heft des 7. Bandes enthält werthvolle Arbeiten mit gelungenen Abbildungen; von Dr. F. Heſſenberg, mineralogiſche Notizen; M. Woronin, Sphaeria Lemaneae, Sordaria fimiseda, Sordaria oprophila und Arthrobotrys oligospora; A. de Bary, Eurotium, Eurysiphe, Cicinnobolus nebſt Bemerkungen über die Geſchlechtsorgane der Askomyceten. Prof. Dr. Lucä, der Schädel des japaniſchen Maskenſchweins und der Einfluß der Muskeln auf beſſen Form. A. Kölliker, anatomiſch-ſyſtematiſche Beſchreibung der Alcyonarien. 1. Die Pennatuliden.

Unſer Jahresbericht erſchien im letzten Jahre zum erſtenmal in größerer Ausdehnung und erfreute ſich in dieſer neuen Form ſo lebhafter Anerkennung, daß wir auch ferner damit fortfahren werden. Er bietet ſo immerhin auch ein beachtenswerthes Tauſchobject mit Vereinen, welche keine größeren wiſſenſchaftlichen Abhandlungen veröffentlichen. Wir haben die Zuſendung des Jahresberichts an 28 Geſellſchaften beſchloſſen, von denen einige uns ſchon bisher ihre Berichte zuſendeten. Auch hierdurch wird eine ſchätzenswerthe Vermehrung unſerer Bibliothek erzielt werden.

Unſere Bibliothek, welche mit der der Stiftungsadminiſtration, ſowie mit der des Phyſikaliſchen und des Geographiſchen Vereins vereinigt iſt, wurde fortwährend theils durch Tauſch, theils durch Kauf vervollſtändigt.

Verausgabt wurden für die Bibliothek 932 fl. — Die zahlreichen Geſchenke an Büchern und Druckſachen wird der gedruckte Bericht im einzelnen enthalten; hier ſpreche ich jedoch allen wohlwollenden Gönnern und Freunden dafür unſern aufrichtigen Dank aus.

Mit unſerm Archiv hatte ſich Herr Hauptmann von Heyden noch eingehend befaßt, als ihn der Krieg von uns abrief, und wir ſo die Mitwirkung dieſes von uns allen ſo hochgeſchätzten Mannes entbehren mußten. Möchte es ihm bald vergönnt ſein, ſeine Thätigkeit in unſerm Kreiſe wieder aufzunehmen.

Von den zur Vermehrung unſrer Sammlungen eingegangenen Geſchenken erlaube ich mir Folgendes hervorzuheben, indem ich zugleich den Gebern hiermit den Dank der Geſellſchaft ausſpreche. (S. Verz. S. 19.)

Dieſe zahlreichen Geſchenke geben ein erfreuliches Zeugniß von dem lebendigen Intereſſe für unſre Geſellſchaft, ſowohl in unſrer Stadt, als auch in weiteren Kreiſen. Möge dasſelbe immer rege bleiben und zu immer größerer Nachahmung anfeuern!

Auch in dem abgelaufenen Jahre bewilligten unſre ſtädtiſchen Behörden einen Zuſchuß von 1500 fl., zugleich auch für die zwei folgenden Jahre. Es kann kaum dankend genug anerkannt werden, wie ſehr unſre Behörden im wohlverſtandenen Intereſſe unſrer Vaterſtadt handeln, indem ſie die zumeiſt aus dem Eifer der Bürgerſchaft hervorgegangenen gemeinnützigen und wiſſenſchaftlichen Anſtalten fortwährend in ſo liberaler Weiſe unterſtützen. Nicht nur unſre Geſellſchaft und die vielen Vereine unſrer Stadt, ſondern die ganze Bürgerſchaft iſt denſelben hierfür zum größten Danke verpflichtet, denn die ſchönſten Zierden einer Stadt werden immer deren gemeinnützige und wiſſenſchaftliche Anſtalten bleiben. Möge dieſer Sinn für das wahre Beſte unſrer Vaterſtadt auch fernerhin unſre Behörden beſeelen.

Durch ſorgfältiges Abwägen zwiſchen Einnahme und Ausgabe war es uns auch in dieſem Jahre gelungen, einen günſtigen Rechnungsabſchluß herbeizuführen. Leider aber gestatteten es uns unsre Mittel noch nicht, auch der Außenseite unsres Gebäudes die so dringend nothwendige Herstellung angedeihen zu lassen. Ein im vergangenen Jahre hierfür an unsre Behörden gestelltes Gesuch um einen Extrazuschuß war abschlägig beschieden worden, allerdings nur weil zunächst noch dringendere Bedürfnisse die Mittel der Stadt zu sehr in Anspruch nahmen. Wir hoffen jedoch auch hierin noch auf die Liberalität unserer Behörden. Die ausführlichere Rechnungsablage wird der auszugebende gedruckte Bericht enthalten.

So weit, meine Herren, hatte ich Ihnen Bericht über unsre Gesellschaft zu erstatten. Es tritt nun aber noch die weitere Pflicht an mich heran, Ihnen über den Stand eines im vorigen Jahre gegründeten Instituts Nachricht zu geben, das in innigem Zusammenhange mit unseren Bestrebungen steht. Ich meine die

Rüppell-Stiftung.

Ueber die Entstehung und den Zweck derselben ist Ihnen in dem vorjährigen Berichte bereits ausführliche Mittheilung geworden. Der Bericht schließt mit dem Hinblick auf die eingetretenen Kriegsereignisse und den durch dieselben eingetretenen Stillstand und spricht die Hoffnung aus, über weitere Beiträge für die Stiftung, sowie ihren völligen Ausbau im nächsten Jahre berichten zu können. Wir haben nun allerdings nur einen geringen Zuwachs zu dem damals gesammelten Capital zu verzeichnen. Dasselbe betrug nach der vorjährigen Aufstellung . . . . fl. 16,323 37 kr.

Hierzu kamen:

Im Januar 1871 von Herrn Dr. Eugen Lucius „ 100 — „
Im Mai von Prof. Dr. Schmidt . . . . . . „ 10 — „

mithin unangreifbarer Capitalbestand   fl. 16,433 37 kr.

Nach beendigtem Kriege trat auf Aufforderung des Vorsitzenden des Comité's für die Rüppell-Stiftung Herrn Dr. Rein am 1. Mai eine Versammlung der Geber zusammen, in welcher der von der Redactionscommission vorgelegte Entwurf eines Stiftungsbriefs nebst Statuten der Rüppell-Stiftung gutgeheißen und dessen Uebergabe an die Senckenbergische naturforschende Gesellschaft beschlossen wurde. Letztere Gesellschaft übernahm somit definitiv in ihrer Verwaltungssitzung vom 6. Mai die Verwaltung der Rüppell-Stiftung.

Mittlerweile hatte sich Herr Dr. Grenacher, Assistent am zootomischen Museum und Privatdocent in Göttingen, um Verleihung des Stipendiums behufs einer Reise zu zoologischen Untersuchungen an den westafrikanischen und südeuropäischen Gestaden des atlantischen Oceans beworben.

Zur Unterstützung einer solchen Reise hatte zugleich Herr Friedrich Krepp durch Schreiben an die Direction das von ihm voriges Jahr in so hochherziger Weise angekündigte Geschenk von Tausend Gulden zur Verfügung gestellt. Durch diese so höchst dankenswerthe Gabe, sowie durch die mögliche Verwendung der Zinsen vom 1870—1872 einschließlich im Betrage von etwa fl. 1900 sahen wir uns der Ausführung eines lebhaften Wunsches nahe gerückt. Es war nämlich der, daß recht bald ein sichtbares

Zeichen der Lebensfähigkeit der neuen Stiftung gegeben werden möge, um dadurch das Interesse für dieselbe in immer höherem Grade anzuregen.

Die Verwaltung verlieh daher in ihrer Sitzung vom 10. Mai Herrn Dr. Grenacher das Stipendium, wählte aber auch gleichzeitig unser allverehrtes Mitglied Herrn Dr. Noll zu dessen Reisebegleiter, wenigstens für die erstere Zeit der Reise. Wir hoffen, daß Letzterem von unsern Behörden der nöthige Urlaub ertheilt werde, und wie ihm selbst die Reise für sein wissenschaftliches Streben von günstigstem Erfolg sein wird, so dieselbe auch unsern hiesigen Vereinen schöne Früchte tragen werde.

An den geographischen Verein, die zoologische Gesellschaft, die Palmengarten-Gesellschaft und den physikalischen Verein ist die Einladung ergangen, Delegirte zur Rüppell-Commission zu entsenden, welche dann den Statuten gemäß die näheren Modalitäten und die Instruction für diese erste Reise aufzustellen haben wird.

Wir aber können hier nur den Wunsch aussprechen, daß diese erste Reise den günstigsten Erfolg nach allen Seiten hin haben möge, und daß wir im nächsten Jahre im Stande seien, bereits über die erzielten Resultate Bericht an Sie zu erstatten.

Und so wäre ich denn zum Schlusse meines Berichtes gelangt. Meine Herren, wenn trotz der schwierigen äußeren Verhältnisse, eine Gesellschaft nicht nur an Kraft nichts eingebüßt, sondern vielmehr noch daran gewonnen hat, so ist das wohl ein Zeichen von innerer Gesundheit und Lebensfähigkeit. Wir danken aber dieselbe dem rüstigen Schaffen einer Anzahl von Männern, denen die Naturwissenschaften zugleich ein Genuß und eine Freude sind, wir danken sie jenem Gemeinsinne, der in unserer Bürgschaft als ein schönes Erbtheil unserer Vorfahren sich erhalten hat, und der da, wo er nicht selbst schaffend mitwirken kann, immer gern bereit ist, seinen Einfluß durch Beiträge fördernd und erhaltend zu üben. Möge dieser Sinn auch ferner sich erhalten zum Nutzen und Gedeihen eines ihrer schönsten Institute: der Senckenbergischen naturforschenden Gesellschaft.

Verzeichniß der Mitglieder

der

Senckenbergischen naturforschenden Gesellschaft.

I. Ewige Mitglieder.

Ewige Mitglieder sind solche, welche, anstatt den gewöhnlichen Beitrag jährlich zu entrichten, es vorgezogen haben, der Gesellschaft ein Capital zu schenken oder zu vermachen, dessen Zinsen dem Jahresbeiträge gleichkommen, mit der ausdrücklichen Bestimmung, daß dieses Capital verzinslich angelegt werden müsse und nur der Zinsenertrag desselben zur Vermehrung und Unterhaltung der Sammlungen verwendet werden dürfe. Die den Namen beigedruckten Jahreszahlen bezeichnen die Zeit der Schenkung oder des Vermächtnisses. Die Namen sämmtlicher ewigen Mitglieder sind auf einer Marmortafel im Museumsgebäude bleibend verzeichnet.

Herr Simon Moritz von Bethmann. 1827.
„ Georg Heinrich Schwendel. 1828.
„ Johann Friedrich Anton Helm. 1829.
„ Georg Ludwig Gontard. 1830.
Frau Susanne Elisabeth Bethmann-Holweg. 1831.
Herr Heinrich Mylius sen. 1844.
„ Georg Melchior Mylius. 1844.
„ Baron Amschel Mayer v. Rothschild. 1845.
„ Johann Georg Schmidborn. 1845.
„ Johann Daniel Souchay. 1845.
„ Alexander von Bethmann. 1846.
„ Heinrich von Bethmann. 1846.
„ Dr. jur. Rath Friedrich Schlosser. 1847.
„ Stephan von Guaita. 1847.
„ H. L. Döbel in Batavia. 1847.

Herr G. H. Hauck-Steeg. 1848.
„ J. J. E. Buch. 1851.
„ G. von St.-George. 1853.
„ J. A. Grunelius. 1853.
„ P. F. Kröger. 1854.
„ Alexander Gontard. 1854.
„ Moritz Freiherr v. Bethmann. 1854.
„ Dr. Eduard Rüppell. 1857.
„ Th. Ad. Jäc. Em. Müller. 1858.
„ Julius Nestle. 1860.
„ Eduard Finger. 1860.
„ Dr. jur. Eduard Souchay. 1862.
„ J. N. Graeffendeich. 1864.
„ E. F. E. Büttner. 1865.
„ E. F. Krepp. 1866.
„ Jonas Mylius. 1866.
„ Constantin Fellner. 1867.
„ Hermann von Meyer. 1869.

II. Mitglieder des Jahres 1870.

Herr Alt, Johannes.
 „ Andreae, H. B., Dr. med.
 „ Andreae-Goll, J. C. A.
 „ Andreae, F. F., Ingenieur.
 „ Andreae jun., Jean.
 „ Andreae-Winckler, P. B.
 „ Andreae-Winckler, Joh.
 „ Baer, Joseph.
 „ Bärwindt, J., Dr. med.
 „ Bagge, H. A. B., Dr. med.
 „ Bansa, Gottlieb.
 „ Bansa, Julius,
 „ Bansa-Streiber, C.
 „ Bardorff, Carl, Dr. med.
 „ de Bary-Gontard, H.
 „ de Bary, Jacob, Dr. med.
 „ de Bary-Passavant, Carl.
 „ Behrends-Mettenius, P. F.
 „ Belli-Seufferheld, F.
 „ Benkard, Christian.
 „ Berg, C. N., Bürgermeister, Dr.
Frau Bernus-Grunelius.   [jur.
Herr Berthold, J. Georg.
 „ Bertholdt, J. F.
 „ Bethmann, Freiherr K. von.
 „ Bethmann, Baron S. M. von.
 „ Binge, G.
 „ Birkenstock, Johann Friedr.
 „ Bliedung, L.
 „ Blum, Hermann.
 „ Blum, J.
 „ Blumenthal, C., Dr. med.
 „ Blumenthal, Jos. Leopold.
 „ Bockenheimer, Dr. med.
 „ Bolongaro, Anton.
 „ Bolongaro, Carl.
 „ Bolongaro-Crevenna, J. L.
 „ Bolongaro-Crevenna, A.
 „ Bonn, Baruch.
 „ Bonn, Carl.
 „ Bontant, F.
 „ Bose-Reichenbach, Graf von.
 „ Both, J. B.
 „ Brentano, Ludwig.
 „ Brofft, Franz.

Herr Brofft, Leonh. Wilh., jun.
 „ Brückner, Wilhelm.
 „ Buchka, Franz Anton.
 „ Buck, A. F., Dr. jur.
 „ Buck, Emil.
 „ Burnitz, R. Heinrich, Stadtrath.
 „ Cholewa, Wilhelm.
 „ Chun, Oberlehrer.
 „ Claus, A. Daniel.
 „ Cnyrim, Victor, Dr. med.
 „ Cornill d'Orville, H. A.
 „ Crailsheim, A., Dr. med.
 „ Creizenach, Ignaz.
 „ Degner, C., Dr.
 „ Deichler, J. C., Dr. med.
 „ Diehn, Phil., Thierarzt.
 „ Dieße, C.
 „ Doctor, Adolph Heinr.
 „ Doctor, Bernhard.
 „ Dondorf, Bernhard.
 „ Donner, Philipp.
 „ Drexel, Heinr. Theod.
 „ Ebner, Hermann, Dr. jur.
 „ Eberstadt, A.
 „ Ellissen, Dr. jur.
 „ Emben, Jac. Phil.
 „ Enders, Ch.
 „ Engelhard, Georg Heinrich.
 „ Erlanger, Baron Raphael von,
        Generalconsul.
 „ Ernst, August, Professor.
 „ Eucken, R., Dr. phil., Prof.
 „ Eyßen, B. Gustav.
 „ Eyßen, C. E.
 „ Fabricius, F. W., Dr. med.
 „ Fabricius, Franz.
 „ du Fay, Jean Noé.
 „ Fiedler, J. N., Dr. med.
 „ Finger, Oberlehrer, Dr. phil.
 „ Flersheim, Eduard.
 „ Flesch, Dr. med.
 „ Flinsch, Heinrich.
 „ Flinsch, W.
 „ Friedmann, Joseph.
 „ Fries, Carl.

Herr Fries, Heinrich.
„ Fritsch, Carl von, Dr. phil.
„ Fuchs, C. H.
„ Fuld, Ludwig.
„ Fuld, Dr. jur.
„ Funck, Carl Ludwig.
„ Garny, Joh. Jacob.
„ Gehring, F. A.
„ Gerson, Jacob, Generalconsul.
„ Getz, Dr. med.
„ Gillé, W. J., Bankdirector.
„ Goedel, Ludwig.
„ Goldschmidt, B. M.
„ Goldschmidt, Adolph B. H.
„ Goldschmidt, Leopold von, Consul.
„ Gontard, Moritz.
„ Graebe, Charles, Consul.
„ Grönning, G. C., Dr. med.
„ Grünebaum, M. A.
„ Grunelius, Adolph.
„ Grunelius, Moritz Eduard.
„ Guaita, Max von.
„ Guaita-Mumm, von, Consul.
„ Gundersheim, M., Dr. med.
„ Haag, Georg, Dr. jur.
„ Haber, Baron M. von.
„ Hahn, Adolph.
„ Hahn, Anton.
„ Hahn, Jaques.
„ Hamburger, Carl, Dr. jur.
„ Hanau, Heinrich A.
„ Hanau, Lehmann.
„ Harnier, Eduard von, Dr. jur.
„ Harnischfeger, J.
„ Hauck, Christoph, Stadtrath.
„ Hauck, Georg.
„ Hahn, Joh. Georg.
„ Henrich, Joh. Gerhd.
„ Hessel, Julius.
„ Hessenberg, Joh. Friedr., Dr. phil.
„ Heuer, Ferdinand.
„ Heyden, Luc. von, Hauptmann.
„ Heyder, Georg von.
„ Heynemann, Fr. D.
„ Höchberg, Emanuel.
„ Höchberg, Leopold.
„ Hoff, Joh. Adam.

Herr Hoff, Carl.
„ Hohenemser, H.
„ Holzhausen, Georg von.
„ Holzmann, Philipp.
„ Homberger, Albert.
„ Horkheimer, Bernhard.
„ Hörle, Heinrich.
„ Ihm, August.
„ Jacobi, Rudolph.
„ Jäger, Rudolph.
Die Jäger'sche Buchhandlung.
Herr Jassoy, Lud. Wilh.
„ Jeanrenaud, Dr. jur., Apell.-G.-R.
„ Jordan, Felix. [G.-R.
„ Jost, Conrad, Apotheker.
„ Jügel, Carl Franz.
„ Jung, Carl Ludwig, Dr. med.
„ Jung-Hauf, Georg.
„ Katheder, C.
„ Katzenstein, Albert.
„ Kayser, Fritz.
„ Keller, Heinrich.
„ Kerstner, Philipp.
„ Kesselmeyer, P. A.
„ Keßler, Carl.
„ Keßler, F. J., Senator.
„ Keßler, Heinrich.
„ Keßler, Wilhelm.
„ Kissel, Georg.
„ Kling, Gustav.
„ Kloß, H., Dr. med.
„ Kloß, Senator, Dr. jur.
„ Kloß, Carl.
„ Knopf, L., Dr. jur.
„ Koch, C., Dr. phil.
„ Koch, Friedr.
„ Koch, Wilhelm.
„ Kohn-Speyer, Sigismund.
„ Kolloge, Eduard.
„ Königswärter, Marcus.
„ Königswärter, J.
„ Krämer, Johannes.
„ Krebs-Schmidt, C.
„ Krug, Ab.
„ Kuchen, Theodor, Consul.
„ Kugele, G.
„ Kugler, Dr. F., Appell.-G.-R.

Herr Kuhn, H.
„ Küchler, Eduard.
„ Küstner, Johannes.
„ Ladenburg, Emil.
„ Landauer, M. J.
„ Langenberger, Franz.
„ Laurin, Ferdinand.
„ Lauteren, C., Consul.
„ Le Bailly, Gg.
„ Leonhardi, Freih. Dr. L. von.
„ Leschhorn, Ludw. Carl.
„ Lindheimer, Gerhard.
„ Lion, Jacob, Director.
„ Lift, C. F.
„ Loretz, A. W.
„ Loren, Carl, Dr. med.
„ Löhr, Clemens.
„ Löwengard, J., Director.
„ Lucae, G., Professor, Dr. med.
„ Lucius, Eugen, Dr. phil.
„ Ludwig, Moritz.
„ Lukacsich, Major von.
„ Maas, Adolph.
„ Maas, Simon, Dr. jur.
„ de Maes, Ed.
„ Mack, Joh. Friedr.
„ Mahlau, Albert.
Frau Majer-Steeg.
Herr Majer, Joh. Carl.
„ Manskopf, Nicolaus.
„ Manskopf, W. H., Commercien-
„ Mardner, Wilhelm.   [rath.
„ Matti, Dr. jur.
„ May, Martin.
„ Meigner, C. M.
„ Melber, G., Dr. med.
„ Merton, Albert.
„ Merton, Ralph.
„ Mettenheimer, Louis.
„ Metzler, Adolph.
„ Metzler, Albert.
„ Metzler, Carl.
„ Metzler-Fuchs, G. F.
„ Metzler, Gustav.
„ Metzler, Wilhelm.
„ Meyer, Friedrich.
„ Minoprio, Carl.

Herr Minoprio, C. G.
„ Mohr, Dr. phil., Oberlehrer.
„ Muck, F. A., Consul.
„ Müller, Carl.
„ Müller, Joh. Christian.
„ Mumm, Hermann, Generalconsul.
„ Mumm-Scheibler, A.
„ Mumm, Dr. jur., Oberbürger-
„ Mumm, Wilhelm.   [meister.
Die Musterschule.
Herr Nestle, Hermann.
„ Nestle, Richard.
„ Neubürger, Dr. med.
„ de Neufville-Siebert, Friedr.
„ de Neufville-Büttner, Gust.
„ de Neufville-de Bary, August.
„ Noll, F. C., Dr. sc. nat. -
„ Obernberg, Ad. von, Dr. jur.,
       Stadtrath.
„ Ohlenschlager, J. A., Dr. jur.
„ Ortenbach, Friedrich.
„ Orthenberger, Dr. jur.
„ d'Orville, Friedrich.
„ Osterrieth, Franz.
„ Osterrieth-Laurin, August.
„ Osterrieth-von Biehl.
„ Passavant, C., Dr. jur., Stadtrth.
„ Passavant, Gustav, Dr. med.
„ Passavant, Hermann.
„ Passavant, Robert.
„ Passavant, Rudolph.
„ Passavant, Theodor.
„ Petsch, J. G. H.
„ Petsch-Goll, Philipp.
„ Pfeffel, August.
„ Pfeffel, Friedr.
„ Pfefferkorn, R.. Dr. jur.
„ Pfeiffer, Eugen.
„ Ponfick, Otto, Dr. jur.
„ Prestel, Ferd.
„ Prior, Adolph, Dr. jur.
„ Quilling, Friedr. Wilh.
„ Rasor, Jacob Friedrich.
„ Ravenstein, August.
Realschule, Israelitische.
Herr Rehbock, Chr., Dr. med.
„ Rein, J. J., Dr. phil.

Herr Reinach, Baron Adolph von,
    Generalconsul.
„ Reinach, Baron Albert von.
„ Reiß, Enoch.
„ Reiß, Jacques.
„ Reuß, Dr. jur., Schöff.
„ Ricard, Adolph.
„ Richard, Friedr.
„ Rieger, Wilhelm.
„ Riese, Ch., Poststallmeister.
„ Rindskopf, Isaac M.
„ Ripps, Dr. med.
„ Rittner, Georg.
„ Roberth, Ernst, Dr. med.
„ Rödiger, Conrad, Dr. phil.,
    Directionsrath.
„ Roos, Benjamin.
„ Roose, Carl Eduard.
„ Roose, Wilhelm.
„ Rößler, F., Münzwardein.
„ Rothschild, A. S., Freiherr von.
„ Rothschild, M. C., Freiherr von,
    Generalconsul.
„ Rothschild, Wilhelm, Freiherr
    von, Generalconsul.
„ Rottenstein, Dr.
„ Rücker, Friedr. Carl.
„ Rumpf, Dr. jur., Consulent.
Frau Rumpf, Fr.
Herr Rütten, Joseph.
„ Sachs, Joh. Jac.
„ Sanct-Goar, M.
„ Schaffner, F., Dr. med.
„ Scharff, Alexander.
„ Scharff, F. A., Dr. jur.
„ Scharff-Osterrieth, Gottfried.
„ Scheidel, S. A.
„ Schenck, Joh. David.
„ Scherbius, G.
„ Scheyer, Emanuel.
„ Schiele, Simon, Director.
„ Schilling, Dr. med.
„ Schmidt, Adolph, Dr. med.
„ Schmidt-Polex, Adolph.
„ Schmidt-Scharff, Adolph.
„ Schmidt, Carl, Thierarzt.
„ Schmidt, Heinrich, Dr. med.

Herr Schmidt, Moritz, Dr. med.
„ Schmidt, M., Dr. vet., Direct.
„ Schmidt, W. H., Dr. phil., Prof.
„ Schmöle, Wilhelm.
„ Schölles, K.
„ Schölles, Joh., Dr. med.
„ Schulz, Heinrich, Dr. jur.
„ Schuhmacher, Georg Friedrich.
„ Schürmann, C., senior.
„ Schwager, W. G.
„ Schwarzschild, H., Dr. med.
„ Schwarzschild, Moses.
„ Schweitzer, C. v., Dr. jur. Schöff.
„ Seufferheld, Georg.
„ Siebert, August.
„ Siebert, J., Dr. jur.
„ Sömmerring, Dr. med., Hofrth.
„ Souchay, A.
„ Speltz, Jacob.
„ Speltz, Dr. jur., Senator.
„ Speyer, L. J.
„ Speyer, Philipp.
„ Spieß, Alexander, Dr. med.
„ Spieß, G. A., Dr. med.
„ Steffan, Ph. J., Dr. med.
„ Steiger, L. von.
„ Stein, Joh.
„ Steitz, Aug., Dr. phil.
„ Stern, B. C., Dr. med.
„ Stern, Sigm. Jacob.
„ Stern, Theodor.
„ Steuernagel, Joh. Heinrich.
„ Stiebel, Fritz, Dr. med.
„ Stiebel, Heinrich.
„ Stiebel, Sigismund.
„ Stock, H. A.
„ Stricker, W., Dr. med.
„ Strohmberg, Nathan.
„ Sulzbach, Rud.
„ Sulzbach, Sigmund.
„ Trieber, C., Dr. phil.
„ Varrentrapp, Fr., Dr. jur.
„ Varrentrapp, Gg., Dr. med.
„ Varrentrapp, J. A.
„ von den Velden, Fr.
„ Vogt, Ludw., Director.
„ Volger, Otto, Dr. phil.

Herr Wagner-Lindheimer, G. J. A.	Herr Wippermann, Friedrich.
„ Wallach, J., Dr. med.	„ Wirfing, Dr. med.
„ Walther, Georg C.	„ Wirth, Franz.
„ Weber, Andreas.	„ Wittekind, H., Dr. jur.
„ Weiller, Hirsch Jacob.	„ Wolff, G. R., Prediger.
„ Weisweiller, Georg von „Consul.	„ Wolfskehl, H. M.
„ Wenz, Emil, Dr. med.	„ Wunderlich-Jassoy, Georg.
„ Wernher, A., Director.	„ Wüst, Carl Ludwig.
„ Werthheimber, Louis.	„ Ziegler, Julius, Dr.
„ Wetterhan, J. D.	„ Ziem, G. F.
„ Wetzel, Heinrich.	„ Zimmer, C. G. B.
„ Weydt, Nic.	„ Zimmer, C., Dr. phil.
„ Winter, W. Chr.	

III. Neue Mitglieder für das Jahr 1871.

Herr Askenasy, Eugen, Dr. phil.	Herr Mylius, Carl Jonas.
„ Graubner, Ferd.	„ Schmidt, Louis A. A.
„ Grumbach, J. M.	„ Schnell, Heinrich.
„ Häberlin, C. J., Dr. jur.	„ Ullmann, A., Dr. phil.

Verzeichniß der Geschenke,

eingegangen von Juni 1870 bis Juni 1871.

1. An Geld.

Zuschuß der hochlöbl. städtischen Behörde fl. 1500.

2. An Büchern.

Von der Genootschap van Kunsten en Wetenschappen zu Batavia:
Tijdschrift vor Indische Taal-, Land- en Volkenkunde.
Deel XVI., Afl. 2—6, XVII., 1—6, XVIII., 1.
Verhandelingen Deel XXXIII.
Notulen van de Algemeene en Bestuurs Vergaderingen.
Deel IV. Afl. 2, Deel V., VI., VII., 1.
Catalog der ethnologischen Abtheilung ihres Museums.
„ „ numismatischen Abtheilung.
Von der kon. naturk. Vereeniging in Nederl. Indis zu Batavia:
Tijdschrift Deel XXIX., Nr. 5 u. 6, XXX. 1—6. XXXI., 1—6.
Von der königlich preußischen Akademie der Wissenschaften zu Berlin:
Mathematische Abhandlungen 1869.
Physikalische „ 1869.
Von der deutschen geologischen Gesellschaft zu Berlin:
Zeitschrift Bd. XXII., Heft 3 u. 4; XXIII. Heft 1.

Von der naturforschenden Gesellschaft zu Bern:
    Mittheilungen 1847, 1851, 1852, 1869.
Von der Accademia delle Scienze dell' Istituto di Bologna:
    Memorie Ser. II., Tom. VIII., fasc. 4, Tom. IX, fasc. 1—4.
    Rendiconti 1868—69, 1869—70.
Von Herrn Professor Dr. vom Rath zu Bonn:
    Dessen Geognostisch-mineralogische Fragmente aus Italien III.
Von der Society of Natural History zu Boston, U. S.:
    Proceedings 1869.
Von Herrn Dr. L. Agassiz zu Boston, U. S.:
    Dessen Adress on the centennial anniversary of Humboldt.
Vom naturwissenschaftlichen Verein zu Bremen:
    Abhandlungen Bd. II., Heft 3 sammt Beigaben.
Von dem Verein für die deutsche Nordpolfahrt zu Bremen:
    Sitzungsbericht nebst Anlagen 1870, Nr. 8, 9, 11, 13, 14.
Von der schlesischen Gesellschaft für vaterländische Cultur zu Breslau:
    Jahresbericht 1869.
    Abhandlungen, phil.-hist. Abtheilung 1869—70.
           „   naturwissensch.-mediz. Abtheil. 1869—70.
Von Herrn A. P. de Borre zu Brüssel:
    Dessen Considérations sur la classification et la distribution
        géographique.
Von der Sociedad de Ciencias fisicas y naturales zu Caracas:
    Vargasia, Boletin, Nr. 7.
Von der Accademia Gioenia di scienze naturali zu Catania:
    M. Cacciaguerra, Chir. dent., s. l'assotrimento d. denti di latte.
Von der deutschen malakozoologischen Gesellschaft dahier:
    Nachrichtsblatt 1870, Nr. 6—12, 1871 Nr. 1—5, 1869 Nr. 4.
Von der zoologischen Gesellschaft dahier:
    Der Zoologische Garten, 1870 Nr. 6—12, 1871 Nr. 1—5.
Von dem physikalischen Verein dahier:
    Jahresbericht 1868—69.
Von Herrn Dr. Eduard Rüppell dahier:
    Proceedings of the scientific meetings of the zoological society
        of London for the Year 1869 with **coloured** illu-
        strations; ferner 1870, p. 1, 2, 3.
Von Herrn Dr. F. Hessenberg dahier:
    Verhandlungen der kaiserl. russischen mineralogischen Gesellschaft zu
        Petersburg, II. Ser., Bd. V.
Von dem Verein für Erdkunde in Darmstadt und dem mittelrhein. geolo-
        gischen Verein:
    Notizblatt, III. Folge, 9. Heft.
Von der Royal Society zu Edinburg:
    Proceedings 1869—70.
    Transactions Vol. XXVI., p. 1.
Vom Reale Comitato geologico zu Florenz:
    Bolletino 1870, Nr. 4—12, 1871, Nr. 1—4.

Von Herrn Profeſſor Dr. Fiſcher zu Freiburg i. B.:
  Deſſen: Das zoologiſche Muſeum der Hochſchule, Programm.
Von der Société de physique et d'histoire naturelle zu Genf:
  Mémoires Tom. XX., p. 2.
Von der naturforſchenden Geſellſchaft Graubündens:
  Jahresbericht 1869—70.
Von der naturforſchenden Geſellſchaft zu Halle a. b. Saale:
  Abhandlungen Bd. XI., Heft 2, XII., 1 und 2.
Von der naturhiſtoriſchen Geſellſchaft zu Hannover:
  20. Jahresbericht.
Von der Société Hollandaise des sciences zu Harlem:
  Archives néerlandaises des sciences T. V., livr. 1—3.
Von dem naturhiſtoriſch-mediziniſchen Verein zu Heidelberg:
  Verhandlungen Bd. V., Nr. 3.
Von der Zoological Society zu London:
  Transactions Vol. VII., p. 1. 2.
Von der Linnean Society zu London:
  Transactions Vol. XXVI., p. 4, XXVII., p. 1, 2.
  Proceedings 1869—70.
  Journal, Botany, Vol. XI., Nr. 52, 53.
    »   Zoology, Vol. X., Nr. 47, 48.
  List of the L. S. 1869.
  Additions to the Library 1868—69.
Von der Geological Society zu London:
  Quarterly Journal, Vol. XXVI.
Von der königl. ſchwediſchen Univerſität Lund:
  Acta 1868, Mathem. och Naturvetenscap.
Von dem Institut royal grand-ducal zu Luxemburg:
  Section des sciences naturelles et mathématiques, Publica-
    tions T. XI.
Von der Académie impériale des sciences, belles lettres et arts zu Lyon:
  Mémoires, Classe des sciences, T. XVII.
Vom naturwiſſenſchaftlichen Verein zu Magdeburg:
  Sitzungsberichte 1870.
  Abhandlungen 1870, Heft 2.
Vom Reale Istituto Lombardo zu Mailand:
  Mémorie Vol. XI. fasc. 3, XII., fasc. 1.
  Rendiconti Ser. II., Vol. II. fasc. 17—21, III., fasc. 1—15.
  Dr. L. Gabba, s. alcuni recenti studj di chimica organica.
Von der Société impériale des Naturalistes zu Moskau:
  Bulletin 1869, Nr. 4, 1870, Nr. 1, 2.
Von der königl. bayriſchen Akademie der Wiſſenſchaften zu München:
  Sitzungsberichte 1870 I., H. 1—3, II., H. 1—3.
  Abhandlungen, mathemat.-phyſikal. Claſſe, Bd. X., Abth. 3.
  Prof. Dr. Zittel: Denkſchrift auf H. v. Meyer.
Von Herrn Major von Harold zu München:
  Deſſen Catalogus coleopterorum Bd. VII.

Von der Société des sciences naturelles zu Neufchatel:
        Bulletin T. VIII. Cat. 3.
Vom Lyceum of natural history zu New-York:
        Annals, Vol. IX., Bog. 10—20.
Von bem American Museum of natural history zu New-York:
        First annual report, January 1870.
Von Herrn Dr. O. Böttger zu Offenbach a. M.:
        Dessen Revision der tertiären Land- und Süßwasser-Versteinerungen
                des nördlichen Böhmens. (Abbr. aus Jahrbuch der K.
                geolog. Reichsanstalt Bb. XX.)
Von der Académie impériale des sciences zu St. Petersburg:
        Bulletin T. XIV., Nr. 4, 5, 6, XV., 1, 2.
        Mémoires T. XIV., Nr. 8, 9, XV., Nr. 1—8.
        Mélanges biologiques, tirés du Bulletin T. VII. (zwei Arbeiten
                des Akademikers Hrn. J. F. Brandt.)
Von Herrn J. F. Brandt, Akademiker, über bei Maragha in Persien
        gefundene Säugethierreste.
Von der entomologischen Gesellschaft zu St. Petersburg:
        Horae societatis entomologicae Rossicae T. VI, 4, VII., 1—4,
                VIII., 1.
Von dem zoologisch-mineralogischen Verein zu Regensburg:
        Correspondenzblatt Jhrg. 24.
Von der Essex-Institution zu Salem U. S.:
        Proceedings Vol. VI. p. 1.
        Bulletin, Vol. I., Nr. 1—12.
Von der schweizerischen naturforschenden Gesellschaft:
        In Solothurn am 23., 24. und 25. August 1869 geführte
                Verhandlungen.
Vom Bureau géologique de Suède zu Stockholm:
        Cartes géologiques de la Suède, livr. 31—41.
Von der entomologischen Gesellschaft zu Stettin:
        Entomologische Zeitung, 31. Jahrgang.
Von der Société des sciences naturelles zu Straßburg:
        Bulletin 1869, Nr. 8—10.
Von der Reale Accademia delle scienze zu Turin:
        Atti Vol. V., disp. 1a—7a.
        Appendice al Vol. IV. degli Atti.
        Notizia storica dei lavori fatti della Classe di scienze fisice
                matemathice 1864—65.
Von der königlichen Universität zu Turin:
        Bolletino meteorologico ed astronomico del reg. observat.
                anno IV. 1869.
Von der Smithsonian Institution zu Washington U. S.:
        Annual report 1868.
        Contributions to knowledge Vol. XVI.
        Miscellaneous Collections Vol. VIII. u. IX.
        Invertebrata of Massachusets, Mollusca, by Gould, 2. edit.

Ferner durch dieselbe:

>U. S. Patent Office: Report 1867 IV Vol.
>U. S. Coast Survey 1866.
>U. S. Department of agriculture, Annual report 1868.
>U. S. Monthly report of the deputy sp. comm. of revenue, treasury department, Commerce and navigation 1869—70.

Vom Surgeon General Office zu Washington:

>War department.
>Ohio, Ackerbaubericht 1868, 2. Reihe.

Von der American Academy of arts and sciences zu Boston:

>Proceedings Vol. VIII.

Von der American Association for the advancement of science:

>Proceedings (Chicago, Illinois) 1868.

Von der Academy of natural sciences zu Philadelphia:

>Proceedings 1868 Nr. 1—6, 1869 Nr. 1—4.

Von der American philosophical society zu Philadelphia:

>Proceedings 1869 Vol. IX., Nr. 82 und 83.

New geological map of Wisconsin.

>Von Herrn G. Hinrichs 5 Schriftchen:
>1. L'atomécanique, 2. On the spectra, 3. Contribut. to molecul. science, 4. Lilies of the fields, 5. Natural classification of elements.

Von der K. K. Akademie der Wissenschaften in Wien:

>Anzeiger 1869 Nr. 15 u. 16, 1870 Nr. 13—29, 1871 Nr. 1—12.
>Denkschriften, mathematisch-naturwissenschaftliche Classe, Bd. XXX.
>Dr. K. Fritsch: Phänologische Beobachtungen aus dem Thier- und Pflanzenreiche, Wien 1869.

Von der K. K. geologischen Reichsanstalt zu Wien:

>Verhandlungen 1870, Nr. 6, 8, 9, 11, 18; 1871 Nr. 1—8.
>Jahrbuch, Bd. XX., Nr. 2—4.
>Abhandlungen Bd. II. und IV.
>Der 8. November 1845, Schreiben des K. v. Haidinger an E. Döll.

Von der K. K. zoologisch-botanischen Gesellschaft in Wien:

>Verhandlungen Bd. XX.

Von dem nassauischen Verein für Naturkunde zu Wiesbaden:

>Jahrbuch, Jahrgang 22 u. 23.

3. Naturalien und ethnographische Gegenstände.

Für die mineralogische Sammlung gingen folgende Geschenke ein:

Von Herrn Oberlehrer Dr. Finger: Zwei Stücke Sandstein aus dem Keuper in Württemberg.

Von Herrn Dr. Friedr. Scharff: 6 Stück Kugelbildungen aus buntem Sandstein von Heidelberg; 7 Stück Albitstufen aus Granit vom Harz; diverse Mineralien ebendaher.

Von Herrn Dr. Petersen: 30 Stück Mineralien aus Tyrol, besonders vom Fassa-Thal.

Von Herrn M. Landauer: 1 Stück Lava vom Popocatepetl.

Von Herrn Dr. Heinrich Hammerschlag: Eine kleine Suite Phosphorite aus Limburg.

Von Herrn J. M. Bastert: 2 große Stücke Buntkupfererz aus der Zechsteinformation im Spessart.

Für die ethnographische Sammlung von Herrn Consul W. W. Murphy ein Paar indianische Schuhe.

Für die zoologische Sammlung von Herrn Dr. Koch ein Synotus barbastellus.

Von der zoologischen Gesellschaft ein Macacus Silenus, ein Canis mesomelas, ein Ursus syriacus, ein Halmaturus Thetidis, eine Antilope (Tragelaphus) mergens, eine Antilope dama, 7 Vögel, worunter 2 besonders werthvolle Psittacus (Phytolophus) nasicus und Psittacus (Conurus) luteus.

Von Herrn J. Blum ein Rhamphastos discolorus.

Von Herrn Dr. Wernscheibt in St. Goar 6 brasilianische Vogelbälge.

Von Herrn August Frommel, 38 ungeborene Exemplare der Boa constrictor aus dem Leib der am Ufer des St. Amatoflusses, nahe bei St. Bento dos Laguas, Provinz Bahia in Brasilien, erschlagenen Mutter; von demselben ein Fisch von der Gattung Malthe aus dem Paraguassoflusse, am Einfluß desselben in die Bucht von Bahia.

Von Herrn Dr. Rein eine Anzahl Fische in Weingeist, von den Bermudas-Inseln.

Von Herrn Theodor Passavant, ein Fisch, Amblyopsis spelaeus, aus der Mamuthöhle von Kentucky, und ein Krebs.

Von Herrn P. F. Behrends, eine ausgestopfte Brillenschlange, Naja tripudians.

Von Herrn J. Blum, einen Gadus mustela aus der Nordsee.

Von Herrn C. Marstaller, eine Anzahl Seethiere vom adriatischen Meere.

Für die in unserm Museum aufgestellte Normalsammlung der Malakozoologischen Gesellschaft sind eingegangen (vgl. Nachrichtsblatt dieser Gesellschaft):

Von Herrn Dickin: Fauna von Frankfurt und Umgegend.

Von den Herren Jckrath und Becker: Fauna von Darmstadt und Umgegend.

Von Herrn Brauns: Fauna von Goslar. Eine Suite der in Nr. 10 beschriebenen Conchylien aus Zanzibar.

Von Herrn D. F. Heynemann: Ein Kistchen europäischer Unionen (dessen ganze Sammlung). Eine Suite europäischer Anodonten (dessen ganze Sammlung). 10 Species der Gattung Naricella (alle Arten seiner Sammlung). Schwedische Flußmuscheln. Eine Anzahl Exoten.

Von Herrn Hartwig in Herrnhut: Eine Anzahl westindischer und südafrikanischer Land- und Seeconchylien.

Von Herrn Dr. W. Kobelt in Schwanheim: Glandina Sowerbyi aus Mexico.

Von Herrn Prof. Nowicki in Krakau: Eine Suite aus dem Tatra.

Von Herrn Prof. Sandberger in Würzburg: Eine Suite Land- und Süßwasserconchylien.

Von Herrn Dr. Hensche in Königsberg: Eine Suite von 132 Stück meist Zeleborsche Originale.

Von Freiherrn von Maltzan: 80 Arten mecklenburger Binnen-Conchylien.

Von Herrn C. Wehsel: Fauna der Umgegend von Hamburg.

Von Herrn Dr. Rein: 32 Species Meerbivalven von den Bermudas.

Von Herrn Hauptmann von Heyden: Eine Sammlung Land- und Süßwasserconchylien (ganze Sammlung des verstorbenen Herrn Schäff von Heyden). Eine Anzahl Mittelmeerconchylien.

Von Herrn Justizrath Lepsius: Eine Fauna der Gegend von Naumburg.

Von Herrn Bergdirector Stöhr in Grotte, Sizilien: Eine Suite Land- und Süßwasserconchylien aus Java und Ostindien.

Von Herrn Dr. von Fritsch: Landschnecken von den canarischen Inseln. Conchylien aus Syra, Santorin und der Gegend von Constantinopel.

Von Herrn Dr. Aug. Brot in Genf: Die Najadeen des Leman. Eine Suite, der Sammlung noch fehlender, Melanien.

Von Herrn Dr. Reßmann: Eine Suite Conchylien aus Kärnthen, Krain und Istrien.

Von Herrn Dr. Maak: Eine Suite Land-, Süßwasser- und Seeconchylien, meist aus Nord-Amerika.

Von Herrn Döring: Fauna von Lemgo.

Von Herrn Forstmeister Tischbein: 87 Arten und Varietäten der Gattung Oliva. (Derselbe hat sämmtliche Oliven der Normalsammlung revidirt und neu bestimmt.) Eine Suite Conchylien aus dem Diluvialtuff von Langenholzhausen im Fürstenthum Lippe.

Von Herrn Dr. O. Reinhardt: Conchylien vom Zobten und vom Mannsfelder Salzsee.

Von Herrn Verkrüzen: Eine Anzahl Prachtexemplare von Seeconchylien. Amphipeplea involuta und Hyalina excavata.

Von Herrn H. C. Weinkauff: Eine Conchylienfauna der Gegend von Creuznach.

Von Herrn Stadtrath Dr. Dohrn: Eine Anzahl exotischer Land- und Süßwasserschnecken, besonders von den Capverden.

Von Herrn Prof. Dr. Semper: Eine Suite Seeconchylien von den Philippinen und Palaos.

Von Herrn Cäsar Godeffroy sen.: Limax Rarotonganus, Heynem.

Von Herrn Aug. Weise in Ebersbach: Eine Suite Lausitzer Conchylien.

Von Herrn Gmelch in München: Zeichnungen und Modelle zur Einrichtung der Normalsammlung.

Für die botanische Sammlung erhielten wir:

Von Herrn Dr. C. Koch: Eine Sammlung nassauischer Geaster.

Von Herrn Moritz Bauer: Den Fruchtstand einer Oelpalme.

Von Herrn Adolf Metzler: Eine Sammlung von 600 sicilianischen Pflanzenspecies. 200 Arten Steinflechten aus verschiedenen Theilen der Schweiz, Tyrol, der Rheinprovinz, hiesiger Gegend, Süd-Frankreich und Nizza.

Von Herrn Stiftsgärtner Ohler: Ein Herbarium von 40 Fascikeln.

Ferner Geschenke an Pflanzen von den Herren Scheidel, Ohler, Weber, Dr. Noll, Dr. Koch, Dr. Ziegler, Dr. Rein, Dr. von Fritsch, Dr. Askenasy und J. Blum.

Aeberstcht der Einnahmen und Ausgaben

vom 1. Januar bis 31. December 1870.

Einnahmen.	fl.	kr.	Ausgaben.	fl.	kr.
Caffa-Saldo am 1. Januar 1870	27	39	Unkosten-Conto	1315	35
Beiträge-Conto, 411 Mitglieder à fl. 11. —	4521	—	Gehalt-Conto	1100	—
„ vom Magistrat ab Stempel	1498	32	Vorlesungs-Conto	1036	—
Zinsen-Conto	1573	3	Naturalien-Conto	1246	43
Physikalischer Verein	160	—	Bibliothek-Conto	932	14
Kellermiethe	50	—	Druckfachen-Conto	1564	46
Mylius-Stiftung für den Custos	400	—	Obligationen-Conto	17341	30
„ „ Vorlesungen	300	—	Zinsen-Conto	288	31
Sömmerring-Preis	80	—	Dr. Rüppell	820	—
Behausung Hochstraße Nr. 3	1140	—	Behausung Hochstraße Nr. 3	590	16
Obligationen-Conto, Ausgelooste Obligationen	1400	—	Reise-Conto	193	57
Rüppell-Stiftung	15752	25	Caffa-Saldo am 31. December 1870	506	58
Für Dr. Cretzschmar's Büste	12	—			
Reise-Conto (Zinsen von der Vereinskaffe)	8	6			
Gewinn- und Verluft-Conto (beim Umtausch von Thlr. 1000 preußischer Obligationen	8	45			
	26931	30		26931	30

Rüppell-Stiftung betreffend.

	fl.	kr.
Laut vorigjährigem Bericht sind eingangegen	16,323	37
Dazu kommen im Januar 1871 von Dr. Eugen Lucius	100	—
„ „ „ Mai „ „ Professor Dr. phil. W. H. Schmidt	10	—
Mithin beträgt der unangreifbare Capital-Conto der Rüppell-Stiftung nunmehr	16,433	37

Auf Reise-Conto wurden die Zinsen obigen Capitals am 31. December übertragen zu 5%

	fl.	kr.
gerechnet mit	465	39
Druckkosten, Unterschriftensammeln, Einkaffirung und andre Spesen für die Rüppell-Stiftung	193	57
verbleiben am 31. December 1870 zur Reise disponibel	271	42

Statuten für die Rüppell-Stiftung.

Eine Anzahl Freunde der Naturwissenschaften und der Erdkunde haben sich zur Gründung eines Fonds für naturwissenschaftliche Reisen vereinigt, weil sie darin ein wirksames Mittel erkennen, den Sinn für naturwissenschaft= liche und geographische Studien in Frankfurt mehr und mehr zu beleben und zu fördern, strebsamen Naturforschern Gelegenheit zu weiterer Ausbildung und zur Begründung ihres wissenschaftlichen Rufes zu bieten, sowie endlich den hiesigen Sammlungen und insbesondere dem naturhistorischen Museum Vermehrung und tüchtige Arbeitskräfte zuzuführen.

Um demjenigen unserer Mitbürger ein würdiges und lebendiges Denkmal zu setzen, der sich vor allen Andern als wissenschaftlicher Reisender unver= gänglichen Ruhm erworben, der sein ganzes Vermögen im Interesse seiner Vaterstadt und insbesondere der Senckenbergischen Gesellschaft geopfert und unserem Museum einen Reichthum von Naturalien zugeführt hat, auf den wir mit Stolz und Freude blicken, soll dieser Fonds den Namen

Rüppell-Stiftung

erhalten.

Als Stiftungstag soll der 16. April 1870 gelten, zum Andenken an die vor 50 Jahren erfolgte Legung des Grundsteins zum naturhistorischen Museum.

Für die Verwaltung besagten Fonds sind die nachstehenden Statuten maßgebend.

§ 1.

Der Zweck der Rüppell-Stiftung ist die Veranstaltung selbständiger naturwissenschaftlicher Reisen.

§ 2.

Die Mittel für diese Stiftung werden durch freiwillige Beiträge auf= gebracht. Die letzteren bilden das Capital, welches durch Geschenke und Vermächtnisse erhöht wird.

§ 3.

Dieses Capital ist unangreifbar; nur die Zinsen desselben sollen zu dem in § 1 bezeichneten Zwecke verwendet werden.

§ 4.

Falls in einem Jahre keine Reise für die Rüppell-Stiftung unternommen wird, oder im Fall die Zinsen nicht sämmtlich zur Verwendung kommen, soll der Ueberschuß einem späteren Bedürfnisse aufgespart werden.

§ 5.

Der Betrag des Reisestipendiums im einzelnen Falle richtet sich nach der beabsichtigten Dauer und dem Ziel der Reise und ist in der Regel so zu bemessen, daß der Reisende nicht aus eigenen Mitteln Zuschüsse zu leisten braucht.

§ 6.

Die Senckenbergische naturforschende Gesellschaft verwaltet das Capital und führt darüber eine besondere Rechnung. Sie stattet alljährlich über Einnahmen und Ausgaben der Stiftung in den gelesensten hiesigen Zeitungen einen kurzen Bericht ab.

§ 7.

Die Verleihung des Stipendiums ist der Senckenbergischen naturforschenden Gesellschaft übertragen, welche auch den Zeitpunkt der Vergebung bestimmt.

§ 8.

Das Stipendium soll vorzugsweise solchen Naturforschern zu Theil werden, welche in dem Senckenbergischen Museum gearbeitet und dadurch ein Interesse für die Sammlungen bekundet; sowie eine Uebersicht über die Bedürfnisse derselben erlangt haben.

§. 9.

Nach vollzogener Wahl eines Reisenden legt derselbe einer gemischten Commission den Plan seiner Reise vor und empfängt von derselben Aufträge und Instructionen.

§ 10.

Diese Commission besteht aus je zwei Delegirten der im Senckenbergianum vereinigten wissenschaftlichen Gesellschaften, ferner der Zoologischen und der Palmengarten-Gesellschaft. Die Sitzungen derselben finden auf Einladung und unter dem Vorsitze des ersten Directors der Senckenbergischen naturforschenden Gesellschaft statt.

§ 11.

Die auf der Reise angelegten naturhistorischen Sammlungen sind insgesammt Eigenthum der Senckenbergischen Gesellschaft, welche jedoch, soweit nicht das wissenschaftliche Interesse des Museums dadurch beeinträchtigt wird, über einzelne der gesammelten Gegenstände, in Berücksichtigung der Wünsche des Reisenden, zu dessen Gunsten verfügt.

§ 12.

Die wissenschaftliche Beschreibung der Reise-Ausbeute bleibt dem Reisenden überlassen.

§ 13.

Ueber den Verlauf der Reise sendet der Empfänger des Stipendiums während der Dauer derselben dem Verein für Geographie und Statistik, nach Maßgabe der von diesem ihm ertheilten Instruction, von Zeit zu Zeit Mittheilungen ein. Nach seiner Rückkehr erstattet er sodann in einer der wissenschaftlichen Sitzungen des Vereins mündlich Bericht und verarbeitet die geographischen, ethnographischen, climatologischen 2c. Resultate seiner Beobachtungen zu einer für den Jahresbericht des Vereins geeigneten Gesammt-übersicht, welche nach Abdruck in üblicher Weise honorirt wird.

§ 14.

Der Zoologischen und der Palmengarten-Gesellschaft sind, den mit diesen Gesellschaften getroffenen besonderen Vereinbarungen entsprechend, während der Dauer der Reise lebende Thiere und lebende Pflanzen, sowie Sämereien zu übermitteln.

§ 15.

Die vorstehenden Bestimmungen können nicht einseitig abgeändert werden. Eine Veränderung muß von der in § 10 erwähnten Commission vorgeschlagen und von der Senckenbergischen naturforschenden Gesellschaft, sowie vom Verein für Geographie und Statistik beschlossen werden.

§ 16.

Alle Rechte und Pflichten, welche gemäß obigen Paragraphen von der Senckenbergischen naturforschenden Gesellschaft übernommen worden sind, gehen im Falle der Auflösung der genannten Gesellschaft auf den Verein für Geographie und Statistik, bezüglich nach etwaiger Trennung des Letzteren, auf dessen geographische Abtheilung über, und, wenn diese ebenfalls zu bestehen aufgehört hat, auf den Rechtsnachfolger der Senckenbergischen naturforschenden Gesellschaft, nämlich auf die Dr. Senckenbergische Stiftung.

Vorträge in wissenschaftlichen Sitzungen und am Jahresfeste.

Die afrikanische Thierfabel,

verglichen

mit der europäischen,

vorgetragen in der wissenschaftlichen Sitzung am 18. März 1871,

von

Dr. med. W. Stricker.

Das Aussehen und die Neigungen der Thiere sind von den Menschen immer in einem bestimmten Sinne gedeutet worden. Um zunächst die bei uns vorkommenden beispielsweise zu erwähnen, so haben die vornehmen, gemessenen Bewegungen des Schwans und sein weißes, reines Gefieder seit Leda's Zeit und bei den germanischen und nordischen Völkern den Glauben hervorgerufen, er sei eine verwandelte Walküre und als Zaubervogel zugleich wahrsagend, daher: „es schwant mir". In Gudrun naht der weissagende Engel als Schwan schwimmend auf der Meeresfluth, in Lohengrin geleitet ein redender Schwan den Helden im Schiff. Auch das edelste, klügste und vertrauteste Hausthier, das Pferd, wird in die menschliche Sphäre hineingehoben. Das Pferd ist ein reines Thier; was der Athem eines Schweines verdorben hat, stellt der Athem des Pferdes wieder her. Einer Gebärenden hilft, daß das Pferd aus ihrer Schürze fresse. Mit seinen Pferden führt der Held freundliche Gespräche. Achill's rührende Unterredung mit Xanthos und Balios (Ilias 19, 400 ff.) findet ihr volles Gegenstück in der schönen karolingischen Sage von Bajard, dem Roß der Heymonskinder. In den serbischen Sagen redet Marko kurz vor seinem Tode mit dem treuen Roß Scharaz; nach Herodot (3,84) gibt in der persischen Königswahl das Gewieher des Hengstes den Ausschlag. Nach Tacitus (Germania 9, 10) hielten unsere Vorfahren in Waldgehägen weiße heilige Rosse, als Mitwisser der Götter, deren Geheimnisse sie durch den Ton ihres Wieherns offenbaren konnten. Auch die Esthen schreiben dem Rosse die Gabe der Weissagung zu.

Die List des Fuchses, welchen die Japanesen als Schutzgott verehren und in schwierigen Fällen um Rath fragen, hat ein unter allen westeuropäischen Stämmen verbreitetes Epos hervorgerufen,*) und der menschenähnliche Ton des Kuckuk hat ihm bei germanischen und slavischen Völkern die Gabe der Weissagung und Zauberei zu Wege gebracht.

Auch das menschenähnliche Baumhacken, welches aus der Ferne wie der Schlag einer Axt klingt, hat dem Specht von den altlateinischen Völkern bis zu den Wotjaken und den Norwegern die Rolle des verwandelten Menschen eingetragen.

Dagegen galten für dumm: Ochs, Esel, Affe, Bock, Gans und Häher; eine Art mittleren Rufes genießt der Hund, welcher, obwohl wegen seiner Treue und Klugheit rühmlich sprichwörtlich, doch seinen Namen zum Schimpfwort hergeben muß. Dennoch hat auch der Hund die Eigenschaft, geistersichtig zu sein, d. h. den nahenden Gott zu erkennen, wenn er noch menschlichen Augen verborgen ist, nicht nur in der nordischen Sage, sondern auch in der griechischen. Niemand erschaut die nahende Athene, selbst nicht Telemachos, nur Odysseus und die Hunde. (Odyssee 16, 160.):

> Aber Telemachos sah und merkte nichts von der Göttin,
> Denn nicht allen sichtbar erscheinen die seligen Götter:
> Nur die Hunde sahn sie und bellten nicht, sondern entflohen
> Winselnd und zitternd vor ihr nach der andern Seite des Hofes.

Offenbar haben die scharfen Sinne des Hundes und seine Aufmerksamkeit, welche ihn Geräusche, die der Mensch nicht wahrnimmt, signalisiren läßt, zu dieser Auffassung die Anregung gegeben. Wir haben schon bei diesen Andeutungen, welche meistens aus „Grimm's deutscher Mythologie" genommen sind, einen weiten Kreis der Auswahl; erweitert ist derselbe seit dem Erscheinen dieses Werkes (zweite Ausgabe 1844 und 1845) noch um vieles durch das Werk von W. H. J. Bleek**), welches uns Afrika zugänglich gemacht hat. Außer den Fabeln des Kaplandes enthält die Bleek'sche Sammlung noch die der Sprachen Nordafrika's: der Haußa-, Bornu-, Woloff-, Acra-, Temne- und Bullom=Sprache, also die von Senegambien, der Goldküste und von Sierra Leone. Der Verfasser, welcher sich um die Kenntniß der afrikanischen Sprachen große Verdienste erworben hat, legt viel Gewicht auf den Umstand, ob eine Sprache sexuell ist oder nicht. In der Hottentottensprache wie in den europäischen sind die Hauptwörter nach Geschlechtern abgetheilt, dieser Geschlechtsunterschied geht leicht auch auf leblose Wesen über und ruft die Tendenz hervor, unpersönliche Gegenstände zu personificiren, unvernünftigen Wesen Vernunft und andere menschliche Attribute beizulegen. Die Kaffern, welche eine nicht sexuelle Sprache sprechen, haben nur e i n e Thierfabel gebildet, die vom Zaunkönig. Der Sammler hat sich ferner die Frage vorgelegt, ob diese Fabeln in der That wirkliche Kinder der Wüste

---

*) Das Hauptwerk über die Thierfabel und die Rolle des Fuchses darin ist die Vorrede Jacob Grimm's zu seiner Ausgabe des Reinhard Fuchs, Berlin 1834.

**) Reineke Fuchs in Afrika, Fabeln und Märchen der Eingeborenen, Weimar 1870; eine erweiterte Bearbeitung des Verfassers von seinem 1864 in englischer Sprache zu London erschienenen Werke, welches nur die Hottentottenfabeln enthielt.

find und als ächte, einheimische Literatur gelten dürfen, oder ob sie etwa von der überlegeneren weißen Race entlehnt sind, oder ob sie endlich dem Antrieb ihre Entstehung verdanken, welchen die Berührung mit der letzteren dem Geiste der Eingeborenen gab. Der moderne Ursprung einiger dieser Fabeln leuchtet in die Augen. Es sind dies:

1. Der Hahn. Der Hahn wurde einst vom Schakal beschlichen und gepackt. Da sprach der Hahn: Willst du nicht zuerst beten, ehe du mich tödtest, wie der weiße Mann thut? Der Schakal erwiderte: Wie macht er es denn, wenn er betet? Er faltet die Hände und schließt die Augen. Da that der Schakal so, der Hahn aber flog davon.

2. Der Fischdiebstahl, schon erzählt von Sir James Alexander in dem 1838 erschienenen Bericht über seine Entdeckungsreise nach Inner-Afrika. Es ist dies die Geschichte aus dem ersten Gesang von Reineke Fuchs, wo der Fuchs sich als todt vor den mit Fischen beladenen Wagen legt, von dem Fuhrmann auf den Wagen geworfen wird und nun die Fische hinabwirft, welche Isegrim auffrißt, in folgender Fassung: der Schakal vertritt die Stelle des Fuchses, die Hyäne die des Wolfes; da die Hyäne unbillig viel frißt, so sagt der Schakal zur Hyäne, sie könne so viel Fische bekommen, als sie wolle, wenn sie es machen wolle, wie er gethan, sich vor den Wagen legen und still verhalten wolle, was auch geschehen möge. Aber statt sie auf den Wagen zu werfen, prügelte sie der Lenker des Wagens halb todt.

3. Des Pavians Urtheil. Beim Pavian erhebt der Schneider Klage, daß die Maus ihm die Kleider zerrissen, diese schiebt die Schuld auf die Katze, die auf den Hund 2c. Der Pavian läßt jeden der Angeschuldigten durch den andern bestrafen. Es ist weniger eine Fabel mit Moral, als eine Uebung zum Nachsprechen, gleich unserem: Der Herr, der schickt den Jockel 'naus 2c.

> Der Elephant trinkt das Wasser,
> Das Wasser löscht das Feuer,
> Das Feuer verzehrt das Holz,
> Das Holz prügelt den Hund,
> Der Hund beißt die Katze,
> Die Katze frißt die Maus.

4. Die Sonne und das Pferd. Einst war die Sonne auf Erden, sie nahm sich das Pferd und ritt auf ihm. Das Pferd war aber nicht im Stande, das Gewicht der Sonne zu tragen und deshalb trat der Ochs an seine Stelle und trug die Sonne auf dem Rücken. Seit jenem Tage ist das Pferd mit folgendem Fluche belegt:

> Von heute ab sollst du eine bestimmte Todeszeit haben,
> Und Tag und Nacht sollst du essen,
> Aber die Begierde deines Herzens soll nicht gestillt werden,
> Ob du auch gehst bis zum Morgengrauen
> Und abermals bis gegen Sonnenuntergang!

Zu Grunde liegt dieser Fabel eine Viehseuche, welche im Namalalande vom Januar bis März diejenigen Pferde wegrafft, welche nicht an die Küste gesandt werden.

Europäischen Ursprungs ist wohl die in verschiedenen Fassungen erzählte Fabel von der Schlange, welche durch einen Menschen oder Pavian von dem über ihr liegenden Steine befreit, ihren Wohlthäter beißen oder fressen will, worauf entweder auf Rath des Hasen oder des Schakals die Schlange sich einverstanden erklärt, den Status quo ante herzustellen und sie nun in ihrem Kerker gelassen wird. Es ist dies bekanntlich auch ein orientalisches Motiv. In der Erzählung vom Fischer in „Tausend und Eine Nacht" läßt der in einen Topf gebannte Geist, welcher aus Zorn wegen der Verzögerung seiner Befreiung dem Retter Rache geschworen, nachdem er seinem von dem Siegel Salomonis befreiten Gefängniß als Rauch entstiegen, durch den Zweifel an der Möglichkeit sich wieder bewegen, in sein Gefängniß zurückzukehren. Andere Fabeln dagegen machen starken Anspruch darauf, nicht nur als ursprüngliche Erzeugnisse des Hottentottengeistes betrachtet zu werden, sondern auch als Stücke einer traditionellen einheimischen Literatur, die von höherem Alter ist, als die älteste europäische Ansiedelung in jenen Gegenden. Seit den ältesten Zeiten ist den Göttern und Menschen die Fähigkeit beigelegt worden, im Thiere sich zu verwandeln. Bei Homer entfliegt Athene gleich einem Vogel (Od. 1, 320), wie ein Adler (Il. 19, 350, Od. 3, 372) oder sitzt als Schwalbe am Simse des Hauses (Od. 22, 239). Odin entfliegt als Falke und der Teufel als Rabe oder Fliege. Die Seele des Schlafenden wandelt als Thier, als Schlange, Maus oder Wiesel umher; er erwacht erst, wenn sie durch den Mund wieder in den Körper zurückgekehrt ist; wird sie in ihrer Thiergestalt verscheucht und kann nicht zurückkehren, so bleibt der Mensch todt (Myth. 1036). Zauberer haben bei den Griechen und Römern, wie bei Germanen und Slawen und, wie wir sogleich sehen werden, bei den Afrikanern, die Fähigkeit Thiergestalt anzunehmen, und umgekehrt. Männer werden gern zu Wölfen, Frauen zu Katzen. Herodot (4, 105) meldet von den Neuren, unter Scythen und in Scythien wohnhaften Hellenen gelten sie für Zauberer, weil sich jeder von ihnen alljährlich auf einige Tage in einen Wolf wandele, dann aber wieder menschliche Gestalt annehme. Aehnliches berichten Plinius, Pomponius Mela, Augustin und Vergil. (Mythol. 1048). Ein Mensch, den diese Gabe auszeichnet, hieß Lycanthropos, wörtlich unser Werewolf.

Wer das Wolfshemd oder den Wolfsgürtel mit oder ohne Absicht anzieht, wird 9 Tage Wolf, erst am zehnten Tage darf er in menschliche Gestalt zurückkehren. Nach der nordischen Sage wird auch die Phoke (der Seehund) am neunten Tage einen Tag Mensch. Man vergleiche folgende hessische Sage mit dem afrikanischen Volksglauben. Die hessische Volkssage lautet:*) Ein Ehepaar lebte in Armuth; zur Verwunderung des Mannes mußte die Frau dennoch bei jeder Mahlzeit Fleisch aufzutragen, lange verheimlichend, wie sie dazu gelangte; endlich aber versprach sie ihm die Entdeckung, nur dürfe er dabei ihren Namen nicht nennen. Nun gingen sie miteinander auf's Feld, wo eine Heerde Schafe weidete, zu welcher die Frau ihren Schritt lenkte. Als sie ihr nahe gekommen waren, warf sie einen Ring über sich

---

*) Bleek No. 25, S. 44.

und wurde augenblicklich zum Werwolf, der in die Heerde fiel, eines der Schafe griff und damit entfloh. Der Mann stand wie versteinert; als er aber Hirt und Hunde dem Werwolf nachrennen sah, rief er: „ach Margareit!" da verschwand der Wolf und die Frau stand nackend auf dem Felde.

Die Hottentottensage lautet: Ein Hottentotte reiste einst mit einer Buschmannsfrau, die ein Kind auf dem Rücken trug. Sie hatten schon eine ziemliche Strecke Wegs zurückgelegt, als ein Trupp wilder Pferde sichtbar wurde. Da sprach der Mann zu der Frau: „Mich hungert, und ich weiß, daß du dich in einen Löwen verwandeln kannst. So thue es und fange uns ein wildes Pferd, daß wir etwas zu essen bekommen." Das Weib gab zur Antwort: „Du wirst dich aber vor mir fürchten!" „O nein, rief der Mann, ich fürchte mich nur davor, Hungers zu sterben, aber nicht vor dir!"

Während er noch sprach, da begann schon hinten aus dem Nacken des Weibes Haar hervorzuwachsen, ihre Nägel nahmen allmälig die Gestalt von Klauen an, und ihre Gesichtszüge veränderten sich. Dann setzte sie das Kind nieder. Diese Gestaltsveränderung beunruhigte den Mann so sehr, daß er schnell einen nahen Baum erklomm. Die Frau schaute ihn mit funkelnden Augen an, ging dann auf die Seite, zog ihren Fellrock aus, und siehe! da stürzte ein vollkommener Löwe in die Ebene hinaus. Der schlich zwischen den Büschen dahin, prallte dann mitten unter die wilden Pferde und sprang auf eines derselben. Es fiel nieder und der Löwe leckte sein Blut. Dann kehrte der Löwe dahin zurück, wo das Kind schrie, und der Mann rief vom Baume herab: Genug, thue mir nichts zu Leide, sondern lege deine Löwengestalt ab, ich werde dich nie mehr bitten, sie mich sehen zu lassen. Da begannen Mähnen und Schweif zu verschwinden; der Löwe ging nach dem Busche zu, woselbst der Fellrock lag, zog ihn an und siehe! die Frau in ihrer eigenen Gestalt nahm das Kind wieder auf. —

Die Aehnlichkeit ist unverkennbar, bis auf den Wechsel der Kleidung, dort das Anlegen eines Ringes, hier das Ablegen eines Rockes, was die Verwandlung zunächst herbeigeführt.

Bleek theilt auch eine hottentottische Fabel von dem Löwen in Frauengestalt mit, welche in manchen Zügen an das Rothkäppchen erinnert. Ein Löwe frißt eine Frau, bekleidet sich mit ihren Gewändern und kommt in der Gestalt der Frau nach ihrem Hause. Als die jüngere Schwester ihm Milch zu trinken anbietet, tröpfelte ein wenig Milch auf der kleinen Hand und der Löwe leckte es mit der Zunge auf. Als deren Schärfe nun Blut hervorlockte, leckte die vermeintliche Frau es auch auf. Die Kühe, welche die verzehrte Frau zu melken gewohnt war, lassen dies nicht zu; endlich bemerkt man an den Löwenhaaren der vermeintlichen Frau, da sie schläft, deren wahre Natur und verbrennt den Löwen.

Wie hier der Wolf, dem Klima gemäß, durch den Löwen ersetzt ist, so in der Fabel vom „Wettlauf des Hasen mit dem Schweinigel" der Hase durch den Strauß und der Schweinigel durch die Schildkröte.*) Die humoristische Thierfabel lautet in ihrer hottentottischen Fassung: Eines Tags

---

*) Bleek No. 16, S. 25.

hielten die Schildkröten Rath, wie sie die Strauße jagen könnten, und sie sprachen unter einander: „Laßt uns auf beiden Seiten in Reihen nahe bei einander stehen, dann jage eine von uns die Strauße auf, so daß sie mitten zwischen uns hindurchjagen müssen. So thaten sie denn, und als die Strauße durch ihre langen Reihen hindurchjagten, rührten sich die Schildkröten nicht vom Platze, sondern eine rief der andern zu: Bist du da? worauf die andere erwiderte: Ja, ich bin hier! Als die Strauße das hörten, liefen sie aus Leibeskräften davon, bis sie, zum Tode ermattet, niederfielen. Nun versammelten sich die Schildkröten gemächlich und verspeisten sie.

In allen Thiersagen finden sich Erklärungen auffallender Körperbeschaffenheit der Thiere. Wir brauchen hier nur an die hübsche Schöpfungsgeschichte des Distelfinks zu erinnern, der seine Buntheit dem Umstand verdankt, daß der Schöpfer ihm die Reste aus allen Farben-Näpfchen aufgemalt hat.

Die Frage: warum hat der Schakal einen langen schwarzen Streifen über den Rücken? beantworten die Hottentotten (Bleek S. 52, Nr. 29) so, daß er einst die Sonne, welche als hübsches Kind verlassen auf der Erde saß, davon tragen wollte. Er verbrannte sich den Rücken, welcher seitdem schwarz ist. — Warum hat der Feldhase keinen Schwanz? — (Bleek Nr. 44, S. 80.) Das kommt daher, sagen die Sulu-Kaffern, daß an dem Tage, da die Thiere ihre Schwänze zugewiesen bekamen, der Himmel mit Wolken überzogen war, und es regnete. Daher wagte der Feldhase sich nicht aus seiner Höhle hervor, sondern bat die andern Thiere, ihm doch seinen Schwanz mitzubringen. Alle Thiere kamen mit Schwänzen versehen zurück, aber keines brachte dem Feldhasen den seinen mit. — Der Pavian hat hinten einen kahlen Fleck, weil er einst von einem erzürnten Zebrahengst gepackt und auf eine heiße Felsenplatte gedrückt wurde. Dem Motiv, daß der Schuldige seine Schuld einem andern aufzubürden versteht, wie im sechsten Gesang des Reinecke Fuchs Reinecke den Widder Bellyn die Sühne für Lampe's Ermordung bezahlen ließ, begegnen wir mehrmals in afrikanischen Fabeln. So ist in der Bantu-Fabel, welche Eugen Casalis in seinem Werke über die Setschuana-Sprache mittheilt, es eine Frau, welche die Leber des Niamantsane, eines fabelhaften Thieres, gegessen und vor Durst den See des Königs der Thiere, des Elephanten, ausgetrunken hat. Alle Thiere werden um den See versammelt; der Hase soll den Schuldigen entdecken. Er bestreicht Lippen und Knie des Springhasen, während dieser schläft, mit Schlamm und zeigt ihn als den Schuldigen an; der Springhase wird hingerichtet.

Eine andere Fassung aus dem Lande der Bullom theilt Nyländer mit. (Bleek S. 142) Der Affe und das Chamäleon fanden auf einer gemeinsamen Reise ein Gefäß voll Palmwein. Der Affe trank davon, das Chamäleon wagte es nicht. Der Eigenthümer ereilte die Reisenden und beschuldigte sie des Diebstahls. Der Affe leugnete und sagte zu dem Manne: Sieh auf uns, wie wir gehen; wer taumelt, der ist der Dieb.

So ließ der Mann denn beide an sich vorübergehen; der Affe schritt ganz ordentlich und gerade einher, das Chamäleon aber schwankte, wie es stets zu thun pflegt. Siehst du nun, rief der Affe, wer der Weintrinker ift. Da ſchlug der Mann das Chamäleon, und verſchonte ſein Leben nur um des Affen willen.

Die beiden Thiere ſetzten ihre Reiſe fort; da warf das Chamäleon einen Brand in ein Getreidefeld, und als die Leute herbeiliefen und nach dem Thäter forſchten, ſagte das Chamäleon: „Seht nach unſern Händen; deß Hände vom Rauch geſchwärzt ſind, der iſt der Schuldige.“ Da nun des Affen Hände ſchwarz waren wie immer, ſo bekam er die Schläge, welche er früher verdient hatte.

Eine Fabel der Woloffen bezeichnet ſcharf die Eigenthümlichkeit des Affen und Haſen. (Bleek S. 143.) Der Affe warf dem Haſen vor, er ſehe ſich fortwährend um, der Haſe aber entgegnete, der Affe kratze ſich fortwährend. Beide wetteten gegeneinander, einen vollen Tag ruhig zu ſitzen. Bis Mittag hielten beide die erzwungene Ruhe aus, da ſagte der Affe, der dieſe Pein nicht mehr zu ertragen vermochte: Als ich im Kriege war, trafen mich Kugeln hier — und hier — und dort — und dort! — Wohin er mit dem Finger wies, um die Stellen zu verzeichnen, wo die Kugeln ihn getroffen, da kratzte er ſich ſchnell. — Auch der Haſe, der es kaum noch vermochte, ſeine Augen auf dem Fußboden vor ihm ruhen zu laſſen, begann eine Er= zählung: Als ich im Kriege war, ſagte er, verfolgten mich auch die Feinde. Vor Entſetzen ſprang ich bald hierhin, bald dorthin, bald links, bald rechts! — Mit Blitzesſchnelle folgten dabei ſeine Augen, die ſo lang ſtarr auf den Boden geheftet geweſen waren, den Bewegungen ſeiner Glieder.

Bei den Woloffen und Betſchuanen ſpielt der Haſe eine eigenthümliche Rolle. Wie wir ſchon oben geſehen bei der Fabel vom ausgetrunkenen See, iſt er faſt wie ein Reinecke ſchlau und gewaltſam. Die Woloffen nennen ihn das allerboshafteſte Thier. (S. 144.) Für den furchtſamen und dum= men Haſen unſerer Thierſage haben wir hier ein Thier eingetauſcht, welches der Schöpfer ſelbſt für ſo gewitzigt erklärt, daß er ihn nicht noch geſcheibter machen darf, weil ſonſt der Haſe die Welt umkehren würde; ein Thier, welches, als der Löwe ein Bündniß mit ihm eingeht, durch ſeine Verſchla= genheit ſelbſt den König der Thiere zu Tode bringt. Er baut dem trägen Löwen eine Hütte und verflicht ſeinen Schwanz hinein. Nachdem der Löwe Hungers geſtorben, zieht der Haſe ſeine Haut an und ſpielt die Löwenrolle.

Im Lande Bornu findet ſich auch das Motiv des Kampfes zwiſchen Vögeln und Vierfüßern (Bleek 126), bei den Temne die Hausmaus und Feldmaus oder die Freuden des Stadtlebens, wobei der Hund die Stadt, der Leguan das Land vertritt (Bleek S. 146), und ſo ließe ſich noch manches hervorheben, wenn ich Ihre Geduld noch weiter in Anſpruch nehmen dürfte.

Schließlich ſei nur als etwas in die wiſſenſchaftlichen Streitfragen der Gegenwart eingreifendes die Hauſſa-Fabel „den menſchlichen Urſprung der Affen“ erwähnt (Bleek S. 140), welche der Miſſionär Schön mittheilt und welche in dieſer Faſſung nicht Original ſein kann.

„Früher waren die Affen Menſchen und nährten ſich vom Fiſchfang. Einſt kam ein Mann Gottes zu ihnen und ſagte: „Fangt ſo viel Fiſche, als ihr mögt, aber nicht am Sonntag.“ Die Männer verſprachen zu ge= horchen, aber eine der Frauen, welche am Sonntag an den See gegangen war, Waſſer zu ſchöpfen, bemerkte den Reichthum an Fiſchen und fragte die

Männer, warum sie heute nicht fischten. Da erzählten die Männer, wie ihnen ein Mann Gottes erschienen sei und ihnen geboten habe, am Sonntage die Fische in Ruhe essen zu lassen. Die Weiber aber, die dies für leere Ausflüchte hielten, drohten mit ihrem Zorne, wenn die Männer nicht sofort sich aufmachten, Fische zu fangen. Aus Furcht vor ihren Weibern gehorchten sie und fingen ein gut Theil Fische; als sie dieselben nach Hause bringen wollten, erschien ihnen der Mann Gottes und sprach: Weil ihr Gottes Gebote nicht erfüllt, so sollen die Segnungen von euch genommen werden, die euch gegeben waren. Ihr sollt Schwänze haben und auf Händen und Füßen laufen, im Staube umherkriechen und im Walde wohnen." Und so geschah es.

Ueber

einige neuere Funde in den ältesten marinen Tertiärschichten

der

Frankfurter Gegend,

vorgetragen in der wissenschaftlichen Sitzung am 22. April 1871,

von

Dr. K. v. Fritsch.

Es sind vor Ihnen, verehrte Anwesende, eine Anzahl von Gegenständen ausgestellt, welche den ältesten Tertiärschichten der näheren Umgegend Frankfurts, den Rupel- oder Septarien-Thonen, entstammen.

Unter diesen Namen begreift man eine oft sehr mächtige Ablagerung von Thonen und Mergelthonen (seltener von sandigen Letten), welche über einen großen Theil von Belgien und Norddeutschland bis nach Posen hinein verbreitet ist und welche von der Gegend von Kassel her über das Vogelsgebirge in den nördlichen Theil des „Mainzer Beckens", das heißt des Tertiärgebietes im Rheinthale zwischen Basel und Bingen, sich erstreckt.

Der Name Rupelthon bezieht sich darauf, daß dieses Gebilde zuerst bei Rupelmonde in Belgien (namentlich bei Boom und Baesele) aufgefunden wurde.

In Norddeutschland hat man dasselbe anfangs irriger Weise mit dem viel älteren Londonthon für identisch gehalten, bis Beyrich im Jahre 1847 es unter dem Namen Septarienthon von jenem unterscheiden lehrte. Es enthält nämlich diese Schicht besonders viele der auch in anderen thonigen Schichten nicht seltenen Knollen und Concretionen von Mergelkalk (seltener von Thoneisenstein rc.), welche durch ihre im Innern rissige Beschaffenheit auffallen und Septarien genannt werden.

Sie sehen derartige Körper von den verschiedensten Größen und Gestalten: hier ovale und kugelförmige Stücke, die auf der Drehbank kaum regelmäßiger gearbeitet werden könnten; da langgezogene Wülste, dort nierenförmige Haufwerke einzelner Knollen rc. Bei den aufgeschlagenen Stücken bemerken Sie, daß meistentheils nur die Rinde zusammenhängend ist, während im Mittelpunkte der Knollen Risse und Sprünge zusammenstoßen, die in der Mitte weit klaffen, gegen den Rand aber sich zusammenziehen und schließen.

Im Mainzer Becken wurde der Septarienthon erst im Jahre 1860 durch Weinkauff erkannt; er ist auch in unseren Gegenden reich an den erwähnten Concretionen und enthält stellenweise, wie an verschiedenen Fundorten Norddeutschlands, zahlreiche Krystalle und Krystallgruppen von Gyps, wie sie in besonderer Größe und Schönheit aus der westlicheren der beiden am Mainufer bei Flörsheim für die Cementfabriken in Biebrich und in Bonn angelegten Thongruben vorliegen. Wir finden dort den Gyps gewöhnlich in rosettenförmigen Gruppen ansehnlich großer Krystalle, (einige sind 7 bis 8 Centimeter lang), die zum kleinen Theil ganz wasserhell, oft aber — namentlich an den Grenzen der einzelnen Krystalle der. Gruppen — von grauen Streifen durchzogen sind in Folge einer geringen Einmengung von Thonschlamm. In den meisten Krystallgruppen ist ein Individuum — oft ein Zwilling — besonders groß und deutlich ausgebildet, so daß die übrigen nur wie Anhängsel erscheinen.

Die Krystalle sind nicht selten in der Richtung der vorderen Hemipyramide lang gestreckt. Die vorherrschenden Flächen sind die monoklinen Längsflächen ∞ P' ∞, die beiden Hemipyramiden P und P', das hintere Querhemidoma $^1/_3$ P' ∞ und das Prisma ∞ P. Von untergeordneten Gestalten ist unter anderen die selten als äußere Krystallbegrenzung beobachtete Querfläche ∞ P ∞ bisweilen sichtbar, ferner eine hintere Hemipyramide m P' (wahrscheinlich m = 3), sowie einige andere, kleine Flächen. Sehr schöne vollkommene Durchkreuzungszwillinge, deren Individuen die Querfläche gemein haben, sind gesammelt worden. Die Krystalle sind jedenfalls nach der Entstehung des Thones in diesem gebildet, denn die Lamellen des Thones biegen sich um die Gypsspathe herum, als seien sie von diesen fortgeschoben worden.

Seltener als im Thon findet sich der Gyps in den Rissen einiger Septarien, in denen er kleinere, linsenförmige Krystalle von weingelber Farbe bildet.

Natürlich ist die petrographische Beschaffenheit und sind die unorganischen Einschlüsse des Rupelthones keine sicheren Unterscheidungsmerkmale von anderen Thonablagerungen; bestimmt charakterisirt wird derselbe nur durch seine Versteinerungen, durch welche er sich sogleich als ein Meeresgebilde zu erkennen gibt.

Die Fauna ist nicht reich, oft finden sich nicht einmal 5 oder 6 Arten von Conchylienresten an einem Aufschlußpunkte und im Ganzen enthält der Septarienthon des Mainzer Beckens wenig mehr als 50 *) Molluskenspecies, für welche in unserer nächsten Nähe Offenbach die reichste Fundstätte zu sein scheint. Unter der kleinen Anzahl von Conchylien ist nun ein verhältnißmäßig großer Theil auch in anderen Tertiärschichten nicht eben selten, einige wenige aber finden sich im Septarienthon stets häufig, in anderen Bildungen gar nicht oder doch nur als große Seltenheiten.

---

*) Die in unserem Museum aufgestellte Sammlung, welche wir dem Eifer der Herren DDr. Böttger und Gerlach verdanken, enthält nur einen Theil der Conchylien des Rupelthones, obschon sie eine der vollständigsten Collectionen der fossilen Mollusken des Mainzer Beckens ist.

Dahin gehören besonders zwei Muscheln aus der durch die große Anzahl von Schloßzähnen ausgezeichneten Familie der Arcaceen, nämlich die beinahe zolllange, dickschalige, ovale Leda Deshayesiana und die kleinere mehr dreieckige, ungleichseitige, innen perlmutterglänzende Nucula Chastelii, von deren vielen Varietäten die typische durch auffallend unregelmäßige, hohe, verzweigte concentrische Wülste geziert ist.

Ferner finden wir unter den charakteristischen Fossilien oft eine etwa 1 ½ Zoll lange Meeresschnecke mit flügelförmiger Ausbreitung an der Mündung, die Aporrhais speciosa; und mehrere Thurmschnecken (Pleurotoma-Arten).

Sehr verbreitet sind im Septarienthon Foraminiferen und unter diesen kleinen, meist nur durch mühsames Ausschlämmen gewonnenen, Petrefacten ist eine ganze Anzahl für ihre Lagerstätte bezeichnender Formen.

In Norddeutschland und Belgien ist die Stellung des Rupelthones zu den übrigen Tertiärschichten, seit die Verwechselung mit dem Londonthone beseitigt ist, keinem erheblichen Zweifel unterworfen worden, obwohl je nach den verschiedenen Ansichten über die Classification der Tertiärschichten überhaupt, derselbe verschieden bezeichnet wird.

So ist er nach Lyell, der bekanntlich drei Formationen der Tertiärepoche zählt (eocän, miocän und pliocän), eine untermiocäne Schicht, nach Beyrich, der Lyell's obereocäne und untermiocäne Gebilde als oligocäne Formation einschaltet, eine mitteloligocäne.

Die österreichischen Geologen und einer der besten Kenner tertiärer Petrefacten, Karl Mayer, unterscheiden in der Tertiärepoche nur eine eocäne und eine neogene Formation. Nach dieser Auffassung gehört der Septarienthon zur obersten Eocän-Stufe (zu den tongrischen Ablagerungen).

Es würde dem Zwecke des heutigen Vortrages nicht entsprechen, die Berechtigung der verschiedenen systematischen Eintheilungen zu prüfen und die Gründe zu erörtern, welche die verschiedene Classificirung hervorgerufen haben.

Im Mainzer Becken speciell ist der Septarienthon eines der ältesten Glieder, welchem die Meeresschichten mit Brackwasser- und Meeresmollusken („Obere Meeressande" oder „Untere Cyrenenschichten," Cerithium plicatum var. papillatum und Aporrhais tridactyla enthaltend) im Alter zunächst folgen, dann die übrigen, mehr und mehr die allmälige Ausfüßung des Meeresbeckens durch ihre Petrefacten darthuenden Bildungen, deren wichtigste, von unten nach oben aufgezählt, als Cyrenenmergel, Cerithien-Schichten, Corbicula-Bänke und Litorinellen-Schichten bezeichnet zu werden pflegen.

Aelter als der Septarienthon ist im nördlichen Theile des Mainzer Beckens *) nur der Meeressand, welcher in typischer Entwicklung auf der linken Seite des Rheines auftritt, welcher diesseits allerdings bei Heppenheim an der Bergstraße bekannt, in unserer nächsten Nähe**) jedoch kaum angedeutet

---

*) In Baden und im Elsaß sind auf beschränktem Raume noch ältere Schichten gefunden worden.

**) Am Niederberge bei Vilbel sieht man im Steinbruche zwischen Rothliegendem und Rupelthon eine schwache Sandschicht ohne Conchylienreste.

ift. Weil der Meeressand in seiner reichen Fauna (nahezu 240 Conchylien) mehrere der Formen des Septarienthones enthält, und weil früher die directe Auflagerung des letzteren auf den ersteren unbekannt war, entstand die Ansicht, daß beide völlig gleichzeitige Bildungen seien, von denen der Meeressand am Strande, der Rupelthon aber in der Tiefe sich abgesetzt habe.

Es sind indeß Schichten, die nacheinander entstanden sind und zwischen deren Niederschlag bedeutende Veränderungen in der Vertheilung von Land- und Meer vor sich gegangen sind. Der Meeressand hat den größten Theil seiner Fossilien mit dem oberen Meeressande des Pariser Beckens (sables supérieurs oder sables de Fontainebleau) gemein. Eine Anzahl von Conchylien, die den Tertiärmeeren des Alpenrandes und Frankreichs angehören, verbreiteten sich zur Bildungszeit des Meeressandes in das Mainzer Becken, daher man nicht zweifeln kann, daß dieses damals nach Süden und Westen hin mit dem Ocean zusammenhing, während gegen Nordosten keine Verbindung mit dem norddeutschen Tertiärmeere bestand, da im Vogelsgebirg und der Wetterau unter dem Septarienthon marine Schichten sich nicht zeigen.

Umgekehrt breitete sich das Septarienthon-Meer über die Wetterau und das hessische Hügelland vom Mainzer Becken nach Nordosten aus, während die bezeichnenden Conchylien dieser Schicht hier die südwestliche Grenze ihres Gebietes erreichen und während der Rupelthon das Pariser Becken nicht mehr berührt, das nach dem Absatz der sables supérieurs vom Meere nicht mehr bedeckt wurde. Nach Westen hin konnte somit keine Meeresverbindung mehr bestehen, vielleicht aber gegen Süden, nach dem subalpinen Tertiärmeere hin. — Existirte nun wirklich eine solche Verbindung? —

Eigentlicher Septarienthon mit seinen bezeichnenden Conchylien ist nur im nördlichen Theil des Mainzer Beckens bekannt, aber auch hier ist seine Verbreitung noch nicht genügend erforscht; schon deshalb, weil häufig nur ein glücklicher Zufall den Geologen an einer Erdarbeit (Brunnengrabung ꝛc.) vorüberführt und weil in unserem Tertiärgebiete sowohl die Vegetation als die oberflächliche Ueberdeckung des Bodens mit Löß, Sand und Gerölle den Ueberblick über die älteren Gebilde erschweren. Hierzu kommt, daß man in früherer Zeit (und auch jetzt noch vielfach) den marinen Rupelthon mit den in schwachbrackischen Gewässern abgesetzten Litorinellenthonen um so leichter verwechseln konnte, als beide Schichten oft arm an Petrefacten sind, während beide Septarien und eingesprengte Gypskrystalle enthalten. — So ist es, wie es scheint, bis jetzt unbeachtet geblieben, daß in unserer Nähe zwischen Breckenheim und Wicker der größte Theil des Gehänges an der Ostseite des Leisbaches aus Septarienthon besteht, der vorher nur bei der Breckenheimer Ziegelei am Ewigsborn und am Mainufer bei Flörsheim nachgewiesen war.

Es erscheint daher keineswegs unmöglich, daß auch noch im Elsaß oder in Baden Septarienthon entdeckt werde. Vorläufig aber sind es nicht die Leitmuscheln desselben, durch welche sich die Ausbreitung des Rupelthonmeeres nach Süden hin darthun läßt, sondern andere Petrefacten.

Als solche sind besonders kleine sardellenartige Fische der Gattung Meletta hervorgehoben worden, welche anscheinend in der Septarienthon-Periode namentlich in den subalpinen Gegenden zu Hause waren, sich indeß bis in unsere Gegenden verbreiteten. Hier sind sie durch Hermann von Meyer bei Nierstein und durch F. Sandberger bei Flörsheim aufgefunden worden. Am letztgenannten Orte finden sich die dünnen rundlichen Schuppen sehr zahlreich in den obersten sichtbaren Lagen der östlicheren Thongrube; ein anderes, durch seinen großen Rückenflossenstachel kenntliches Fischchen der österreichischen und schweizerischen Aequivalente des Rupelthones, die Amphisyle Heinrichii, hat sich indeß daselbst noch nicht gezeigt.

Aber auch andere, erst kürzlich entdeckte Organismen des Rupelthones von Flörsheim und Offenbach deuten auf die Meeresverbindung gegen Süden, und scheinen Anknüpfungspunkte mit einer klassischen Fossilienfundstätte Ober-Italiens darzubieten. Es sind dies Reste von kleinen Meereskrebsen aus der durch die weiche Beschaffenheit des Leibes ausgezeichneten Gruppe der Thalassinen, bei denen gewöhnlich nur die scheerenförmigen Endglieder der beiden vordersten Fußpaare der Erhaltung in fossilem Zustande fähig sind. Mit diesen Organen graben sich die Thiere in Sand und Schlamm ein. Gegenüber den Scheeren anderer Krebse sind dieselben durch die, man möchte sagen, rechteckige Form, die eigenthümliche Aneinanderfügung der Glieder, sowie durch Reihen oder Gruppen von Poren ausgezeichnet, aus denen Haarbündel hervortreten, wie Sie es, meine Herren, bei den vorliegenden, von Dr. Rüppell im rothen Meere gesammelten Exemplaren lebender Arten sehen können. Die allgemeine Körperform erinnert an die Sippe der Flußkrebse, die Thalassinen haben aber nur eine weiche Schale des Cephalothorax und der das Abdomen deckenden Ringe, ihnen fehlen besonders die flügelartig von den Abdominalringen nach unten und seitwärts vorspringenden Schuppen.

Fossile Thalassinen haben sich von den jüngsten Schichten bis in die des Lias hinein verfolgen lassen und sind, wo sie häufig genug auftreten, wie in manchen Abtheilungen der Kreide-Formationsgruppe, sehr bezeichnende Leitversteinerungen.

Die Flörsheimer Exemplare gehören zu Callianassa Michelottii, wovon Sie sich durch genaue Vergleichung der hiesigen Stücke mit den von H. Michelotti selbst mir gütigst zur Ansicht anvertrauten Vorkommnissen aus den „sabbie serpentinose" der Superga bei Turin überzeugen können. Bisher waren die „Colli" von Turin die einzige bekannte Fundstätte dieser Art, leider ist aber nicht festgestellt, aus welcher Bank der „Serpentinsande" die Scheeren herrühren. Vermuthlich ist diese Fundschicht das Aequivalent des Septarienthones, welchem bisher von K. Mayer*) erst an drei Orten Oberitaliens Tertiärbildungen parallelisirt wurden, nämlich zu Schio, zu Acqui und zu Gassino bei Turin. Bei Offenbach zeigt uns der Septarienthon noch eine zweite Art von Callianassa, und bei Offenbach, Flörsheim und Breckenheim (an letzterem Orte in Geoden von Sphärosiderit) Reste von Krabben.

Von den Breckenheimer Brachyuren bin ich durch die Güte des Hrn. Dr. O. Böttger in den Stand gesetzt, Ihnen eine größere Reihe von Exemplaren vorzulegen, die mir zur Untersuchung gedient haben. — Vor mehreren Jahren waren zwei Stücke, darunter ein auffallend kleines, von Hrn. Dr. Böttger aufgefunden und unserem verstorbenen ausgezeichneten Paläontologen Hermann von Meyer zur Bestimmung übergeben worden. Beide sind, wie Sie

---

*) Züricher Vierteljahrsschrift 1869. 4. Heft. S. 372 ff.

sehen, nur unvollkommen vom Gestein losgelöst, eines ist von der Oberseite, das andere nur von unten sichtbar. So ist es erklärlich, daß H. v. Meyer darin die Reste zweier verschiedenen Thiere zu erkennen glaubte, und zweifelte, welchen Geschlechtern er dieselben zutheilen sollte.

Das in neuerer Zeit hinzugekommene größere Material erst hat eine eingehendere Untersuchung und richtige Bestimmung möglich gemacht. Als Resultat dieser Arbeit kann ich mittheilen, daß von Breckenheim nicht zwei, sondern nur eine Art von Krabben vorliegt, welche durch die ausnehmend großen Augenhöhlen schon dem Laien auffallen muß und in einer von Alfons Milne Edwards beschriebenen Krabbe aus „Eocänschichten" von Priabona unweit Vicenza (und von Castelgomberto?), in dem Coeloma vigil, ihren nächsten Verwandten hat. Von diesem unterscheidet sich die hiesige Form, Coeloma taunicum Myr. sp. leicht durch die breitere Gestalt sowie dadurch, daß sie auf den „Kiemengegenden" des Schildes jederseits zwei stärkere Höcker trägt, C. vigil aber nur jederseits einen. Andere Unterschiede sind minder augenfällig.

Die nahe Verwandtschaft unserer Art mit der, jedenfalls etwas älteren, oberitalienischen ist immerhin sowohl in zoogeographischer als in geologischer Beziehung sehr beachtenswerth.

Erscheint nun der Septarienthon des Mainzer Beckens, indem er neben den Conchylien und Foraminiferen des norddeutsch-belgischen Gebildes, Fische und Krebse enthält, welche eine Vergleichung mit äquivalenten Schichten südlicherer Gegenden ermöglichen, als ein besonders interessanter Theil der hiesigen Tertiärformation, so ist er das nicht minder durch die in dieser Meeresablagerung vorkommenden Pflanzenreste, welche ich mich bestrebe für unser Museum aufzusammeln, namentlich durch Ausbeutung der Flörsheimer Thongruben. Wir gewinnen durch diese Petrefacten ein Urtheil über die Gewächse, welche die Hänge des Taunus schmückten, als sich die Wogen des Septarienthon-Meeres an seinem Fuße brachen, als gefräßige Haifische (Lamna cuspidata und contortidens, Notidanus primigenius etc.) und Pfeilhechte (Sphyraenodus sp.) eben dort den Meletten und anderen kleinen Fischen nachstellten, wo jetzt Main und Rhein in ihren Gewässern das Bild betriebsamer und reicher Städte, friedlicher Dörfer und rebenbekränzter Hügel abspiegeln. Das Studium dieser Gewächse ist aber besonders deshalb wichtig, weil wir die Tertiärfloren vielfach nur aus Lagerstätten ohne Meeresconchylien kennen, die Süßwasserablagerungen aber nicht immer mit genügender Sicherheit den marinen Schichten parallelisiren können. Zugleich fügt es ein günstiger Zufall, daß eine Reihe von jüngeren Fundstätten fossiler Pflanzen in unserer Gegend bekannt sind, so daß wir durch Vergleichung der verschiedenen Floren ein Bild von den Veränderungen der Vegetation in der Tertiärzeit gewinnen werden, wie es nur äußerst wenige Landstriche mit gleicher Deutlichkeit bieten können.

Die Untersuchung der Septarienthonflora ist freilich kaum erst begonnen, und noch muß eine weit reichere Ausbeute als die bisherige abgewartet werden, ehe dieselbe mit rechtem Erfolge betrieben werden kann.

Weitaus die größte Menge der vegetabilischen Reste ist im Septarienthon in unbestimmbarem Zustande vorhanden; die meisten Blätter sind zerriſſen und macerirt worden, ehe ſie in das Geſtein eingeſchloſſen wurden. Daher erſcheinen uns möglicherweiſe Gewächſe häufig, die nur widerſtandsfähiger als andere den zerſtörenden Einflüſſen gegenüber waren, während wir die gemeinſten Formen der damaligen Flora vielleicht nie kennen zu lernen Gelegenheit finden werden.

Faſt alle bekannten Aufſchlußpunkte des Septarienthones im Mainzer Becken bieten uns Pflanzenreſte, aber in verſchiedenen Erhaltungszuſtänden. So ſind bei Offenbach und im Schachte bei Vilbel meiſt Hölzer und Früchte vorgekommen, auch Fragmente von Zweigen, an benen bisweilen eine kleine Spirorbis-Art ihre ſcheibenförmig eingerollte Kalkſchale befeſtigt hat. Bei Vilbel im Steinbruche, bei Wicker und bei Breckenheim ſehen wir zarte Abdrücke von Blattfragmenten in weichem thonigem (bei Wicker und Breckenheim ein wenig ſandigem) Geſtein.

Bei Flörsheim finden ſich in den Thonſchichten Holzreſte und dicke verkohlte Blätter, deren Kohle ſehr leicht zerbröckelt und abſpringt; nahe der Erdoberfläche liegen dort große Blöcke von feſtem grauen Kalkmergel, in welchen einzelne ganz ausgezeichnete braune oder ſchwarze Blattabdrücke neben ſehr vielen unkenntlichen Pflanzentrümmern vorkommen.

Unter den wenigen Cryptogamen ſind ſehr feinlaubige Meeresalgen beobachtet worden (Deleserites sphaerococcoides Ettingsh.) und ein Fragment des Laubes eines Schlingfarren (Lygodium — breitblättriger als L. Gaudini,) Palmen bildeten ein Element der Septarienthonflora; es ſind davon Laub- und Fruchtreſte gefunden worden, die jedoch noch nicht näher beſtimmt ſind.

Coniferentheile ſind, im Verhältniß zu den beſtimmbaren Blättern, reichlich vorhanden. Darunter ſind die Zweige des Urahnen unſeres Mamuthbaumes (der ſogenannten Wellingtonia, die in hieſigen Gärten ſo vielfach angepflanzt wird), nämlich der Sequoia Sternbergi. Dieſe Rieſenbäume ſind in den jüngeren Tertiärfloren unſerer Gegend noch nicht nachgewieſen worden, in den öſterreichiſchen Tertiärgebieten treten ſie vornehmlich in den älteren Bildungen (Sotzka, Häring, M.t Promina) auf, nach Heer's Unterſuchungen verbreiteten ſie ſich ſehr weit nach Norden hin und durchlebten mehrere Epochen der Tertiärzeit.

Unſeren Lebensbäumen (Thuya) nicht unähnlich war die Belaubung einer bei Flörsheim anſcheinend häufigen Coniferenart, des Libocedrus salicornioides, deſſen Zweiglein eigenthümlich gegliedert ſind, daher meiſtens nur kleinere Bruchſtücke mit zwei bis fünf Längsrippen vorliegen.

Bisweilen ſehen wir in hieſigen Gärten einzelne ſtrauchartige, Eiben nicht unähnliche, Podocarpus-Arten. Eine ziemlich großblättrige Form dieſes Geſchlechtes, P. eocaenica, war ſchon in der Septarienthon-Periode bei uns heimiſch und blieb es längere Zeit, benn auch in der viel jüngeren Salzhauſener Braunkohle begegnen wir derſelben.

Außer den genannten, waren noch mehrere andere Coniferen, darunter eine langnadlige Föhre der Flörsheimer Flora eigen.

Daſelbſt haben ſich ferner Stücke gefunden, die wenigſtens der vorläufigen Unterſuchung nach, auf das Vorkommen von Casuarinen, ähnlich ben neuholländiſchen Keulenbäumen, hinzubeuten ſcheinen.

Mehrere Proteaceen erinnern ebenfalls an die australische Flora der Gegenwart. Ich mache Sie, meine Herren, unter diesen besonders auf das zierliche, man möchte sagen, farrenkraut-ähnliche, Laub der Dryandra Schrankii, einer wohlbekannten Form der älteren Tertiärfloren, aufmerksam, und auf die sehr langen, mit wenigen, kurzen, spitzen Zähnen besetzten Blätter der Banksia longifolia.

Lorbeerartige Gewächse spielen eine nicht unbedeutende Rolle unter den Flörsheimer Fossilien. Unter denselben sind die Zimmtbaumblätter hervorzuheben, welche durch die fast mit der des Hauptnerven gleich starke Entwicklung zweier Secundärnerven in dem ganzrandigen dicken Blatte kenntlich werden. Sie scheinen in zwei Arten, dem schmalen, spitzeren C. lanceolatum und dem größeren und breiteren C. polymorphum vorzukommen, von denen die letztgenannte Art auch an mehreren jüngeren Fundstätten unserer Gegend auftritt.

Feigenbäume, deren Blätter einigermaßen denen des sogenannten „kleinblättrigen Gummibaumes" ähneln, sind angedeutet.

Heidelbeerartige Pflanzen haben ihre Blätter (Andromeda protogaea) und Früchte in der Flörsheimer Ablagerung hinterlassen.

Die Mehrzahl der wohlerhaltenen Blätter gehören Holzgewächsen mit steifem, lederartigem, immergrünem Laube an, welches sich auch im fossilen Zustande durch die Dicke der Kohlen-Lage oder des an deren Stelle getretenen Hohlraumes und an der Seltenheit eigentlicher Verbiegungen erkennen läßt, doch fehlen auch dünnere, abfallende, Blätter nicht ganz und selbst krautartige Pflanzen lassen sich wahrnehmen, darunter namentlich eine Seerose mit schildförmigem, rings um den Eintrittspunkt des Stieles ausgebreitetem Blatt (Nelumbium, vielleicht N. Buchii.) Eine einzelne Frucht scheint auch einer Najas anzugehören.

Eine Anzahl der aufgefundenen Reste sind noch nicht einmal dem Geschlechte nach bestimmt, und, wie schon erwähnt, erfordert die Aufsammlung des nothwendigen reicheren Materials wohl noch viele Zeit und Mühe, ehe ein richtiger Ueberblick über diese Flora gewonnen werden kann.

Gleichwohl ergibt schon die vorläufige Betrachtung dessen, was vorliegt, daß die Septarienthon-Florula mit den der sogenannten tongrischen Stufe zugerechneten Floren (z. B. mit denen von Sotzka*), Häring und M^{te} Promina) sowohl im allgemeinen Habitus als auch in einzelnen Formen mehrfache Analogie zeigt, von denen benachbarter Localitäten aber, welche einem jüngeren Bildungs-Zeitraum angehören, bedeutend abweicht.

Ganz besonders tritt, wie es zu erwarten stand, die Verschiedenheit gegenüber den in den Litorinellen-Schichten Frankfurts (am Winterhafen z. B.) vorkommenden Pflanzen hervor, welche R. Ludwig im 5. Bande der Paläontographica als Gewächse der Septarienthon-Periode bezeichnet hatte, weil er der Ansicht huldigt, die Litorinellen-Schichten seien eine Binnenland- oder Lagunen-Facies der Rupelthone. Er glaubte nämlich nachweisen zu können, daß gewisse Thonlagen in der Fortsetzung ihrer Er-

---

*) D. Stur hat gegen das der Lagerstätte von Sotzka zugeschriebene hohe Alter Bedenken erhoben, nach ihm wäre Sotzka etwa unsern Litorinellenschichten zu parallelisiren.

ſtreckung hier Meeresconchylien, dort Hydrobien und Neritinen führen, ohne ihre petrographiſche Beſchaffenheit als graue oder grünliche Letten mit Septarien und Gyps-Kryſtallen zu verlieren. Vermuthlich ſind, wo dergleichen Verhältniſſe vorzuliegen ſcheinen, Verwerfungen oder andere Schichtſtörungen vorhanden, aber — etwa wegen der Bodenbedeckung oder der Vegetation — nicht ſichtbar. Zu den bisher gegen dieſe Anſicht Ludwig's aufgeführten Gründen tritt nun noch die paläophytologiſche Verſchiedenheit beider Gebilde.

Vielleicht gelingt es, im künftigen Jahre Ihnen, meine Herren, die Geſchichte des allmäligen Wechſels der Vegetation unſerer Gegenden während der Tertiärzeit vor Augen zu führen auf Grund fortgeſetzter Unterſuchungen, von deren Anfängen ich heute berichtet habe.

Oelpalme und Erdnuß,

mitgetheilt am 22. April 1871,

von

Dr. J. J. Rein.

Bekanntlich waren Pfeffer, Straußenfedern, Elfenbein und Gold, vor allem aber Sclaven die Waaren, welche der Kaufmann noch vor wenigen Decennien an der Westküste Afrikas in Menge holte; erst in der Neuzeit hat sich der Handel hier zu einer civilisatorischen Macht emporgeschwungen, seitdem er durch mancherlei Umstände in andere Bahnen gelenkt und durch den Export wichtiger Pflanzenprodukte zu einer früher nicht geahnten Blüthe gebracht worden ist. Schon verlangt der Eingeborene Besseres für seine Erzeugnisse als jenen eitlen Tand, womit man früher seinen kindischen Sinn zu bethören mußte, schon zieht er die Baumwollstoffe und Metallwaaren von Manchester, Birmingham und Glasgow den Galanteriewaaren, Spiegeln, Glasperlen und anderen Kleinigkeiten vor. Das englische Geld verdrängt allmälig die den Verkehr erschwerenden Kauris (Cypraea moneta L.), von welchen bisher ganze Schiffsladungen aus dem indischen Meer gebracht und massenhaft in den Hafenplätzen aufgespeichert werden mußten. Den Factoreien von Elmina, Wydah, Gabun ꝛc., welche früher nur der Aufnahme von Sclaven dienten, bringen die Eingeborenen jetzt die Resultate gesegneter Arbeit; ihre Fürsten bekommen von England fertige Häuser und bezahlen sie mit Palmöl. —

Die Zahl der Produkte aus allen drei Naturreichen, welche wir jetzt von Westafrika beziehen, ist eine ziemlich große, doch sind hier vornehmlich zwei zu nennen, deren Bedeutung alle anderen überragt und die neben der Sclavenemancipation ganz besonders dazu beigetragen haben, hier einen ehrbaren Handel zu schaffen, nämlich die Oelpalme und die Erdnuß. —

Die Naturgeschichte dieser gesegneten Gewächse bietet manches Interessante für den Botaniker von Fach wie für den Laien, und da ich augenblicklich in der Lage bin, frische Früchte von beiden vorlegen zu können, welche der Senckenbergischen Gesellschaft neuerdings zum Geschenk gemacht wurden, will ich mir erlauben, Einiges darüber mitzutheilen, bevor sie in unserer botanischen Sammlung an ihren wohlverdienten Platz gelangen.

Die Oelpalme (Elaeis Guineensis Jacq.) gehört zu der wichtigen Gruppe der Fieberpalmen, wozu unter Anderem auch die Dattel-, Cocos- und Sagopalme zählen. Martius stellt sie in seinem großen Palmenwerke zwischen Astrocaryum und Cocos, gibt aber keine Abbildung von ihr; jener stark bewehrten südamerikanischen Gattung gleicht sie mehr in der allgemeinen

Tracht, dieser mehr in der Blatt- und Samenbildung. Die Oelpalme zeichnet sich unter ihren Verwandten keineswegs durch besondere Schönheit aus, denn der aufsteigende Stamm erreicht nur 20—30 Fuß Höhe, dabei aber oft gegen 2 Fuß Umfang. Die nicht sehr zahlreich auftretenden, ausgebreiteten und gefiederten Blätter werden 15 Fuß lang, haben lineale Einschnitte und einen mit Stachelzähnen besetzten Blattstrunk, welcher an seiner Basis mittelst eines steifen Haargeflechtes mit dem geringelten Stamme verknüpft ist und nach dem Abfallen des Blattes als 1—2 Fuß langer Stumpf zurückbleibt. Die monöcischen Blüthen kommen aus den Blattwinkeln und sitzen in emporsteigenden dichtästigen Kolben mit doppelter Blüthenscheibe; dieselben sind in Zahnlücken (Alveolen) dieser Aeste eingefügt und schauen halb geöffnet daraus hervor. Die männlichen Blüthen sind gleichsam papierartige Bälge mit drei Kelch- und ebenso vielen Kronenblättern, welche von ovaler Form, nach innen concav, am Rande gefalzt sind, und dachziegelförmig aufsitzen. Im Innern befinden sich sechs gleichlange Staubgefäße. Von der Beschaffenheit der weiblichen Blüthe gibt uns die vorliegende Frucht eine klare Vorstellung. Die zahlreichen Palmnüsse, welche zwischen den steifen Stachelspitzen des kurzgestielten, dichtverästelten Kolbens aufsitzen und ebenso vielen Blüthen entsprechen, tragen noch an ihrem Grunde jene gleichgebildeten Blüthenblätter, von denen die drei äußeren dem Kelche, die inneren der Krone entsprechen; auch zeigt sich noch ein Rest des kurzen Griffels mit seinen drei zurückgeschlagenen Narben. Aus den dreifächerigen Ovarien, wobei jedoch gewöhnlich zwei Kammern fehlschlagen, haben sich reife Nüsse (besser Steinfrüchte) von der Größe und nicht selten auch der Gestalt der eßbaren Kastanien gebildet. Manche sind eiförmig, andere vierkantig, noch andere mehr flach; ihre Farbe ist braun, im frischen Zustande war sie gelb*) und ihr Geruch erinnert, namentlich beim Anschaben der fetten Hülle, lebhaft an Himbeersaft oder gekochte dürre Zwetschen. Der vorliegende Fruchtkolben ist eiförmig, hat eine Länge von 37 Centim., mißt an seiner dicksten Stelle 60 Centim. im Umfang und wiegt mit seinen zahlreichen Samen, obgleich bereits viele herausgefallen sind, noch sechs Pfund.

Die äußere, nicht dicke Schale (das Mesocarpium der Steinfrucht) ist der werthvollste Theil und wie bei der Olive reich an Fett, welches wie bei der Cocosnuß von Bastfasern durchzogen ist. Die sehr harte glatte Steinschale darunter mißt oft eine Linie in der Dicke und umschließt in der Regel einen einzigen eiförmigen fetten Kern, in selteneren Fällen deren zwei oder gar drei, die dann immer nur sehr klein sind und zwischen denen dicke Zwischenwände der Steinschale hinziehen.

Das Vaterland der Oelpalme ist Westafrika, woselbst sie namentlich am Busen von Guinea und von hier immer der Küste entlang bis etwa zum 16. Grad nördlicher und 6. Grad südlicher Breite gefunden wird; ihr Gebiet erstreckt sich sonach einerseits bis zur Sahara, wo sie die Herrschaft der Dattelpalme überläßt, andererseits bis etwa zum Congo, wo das merkwürdigste Holzgewächs der Erde, die Welwitschia mirabilis ihren blattlosen platten Stamm treibt. Nach Osten zu folgt sie hauptsächlich dem Laufe der

---

*) Eine südamerikanische Art, Elaeïs melanococca, hat rothe Steinfrüchte.

Küstenflüsse und verliert sich jenseits von deren Quellgebiet alsbald, indem sie der stattlichen Delebpalme (Borassus Aethiopius) das Feld räumt. Die Heimath der Oelpalme ist sonach eine heiße und ungesunde Tropenregion, doch ohne jene Fülle herrlicher, schmackhafter Früchte, welche anderwärts die heiße Zone auszeichnen, ein Gebiet, in welchem der Mensch unseren Gegenden fremde Getreidearten baut und seine Speisen mit unseren Küchen unbekannten Fetten und Specereien würzt und wo die Affenwelt die ihm ähnlichsten Gestalten aufzuweisen hat.

Alles, was die Oelpalme erzeugt, weiß der Eingeborene zu benützen: aus Stamm und Blattstielen baut er seine Hütten, aus dem steifen Haargeflecht macht er sich Bürsten, die Fieberblätter sind ihm werthvolles Futter für seine Schafe und Ziegen, der Saft des Stammes verwandelt sich ihm in geschätzten Palmwein. Am wichtigsten jedoch sind die Früchte, welche das Palmöl liefern, das der Neger fast zu all seinen Speisen setzt und in ungeheuren Massen in den Küstenstädten den Europäern zum Verkauf bringt.

Alljährlich finden zwei Ernten statt; die erste bedeutendere fällt in die Monate März, April und Mai, die zweite in den September. Tausende ziehen alsdann aus den Städten flußaufwärts und an die Thalgehänge, um die Palmnüsse von den wildwachsenden und angebauten Bäumen zu sammeln, das geschätzte Oel daraus zu gewinnen und in Calabassen (Fruchtschalen der Crescentia cujete) oder in Flaschenkürbissen fortzubringen.

Das Palmöl ist bei gewöhnlicher Temperatur butterartig wie andere Palmfette, von orangegelber Farbe und angenehmem Geruch, das schwerste von allen vegetabilen Fetten. Es schmilzt bei 27° C. und wird bekanntlich in Europa in ausgedehntem Maße in der Seifen- und Lichterfabrikation benutzt. Seine Gewinnungsweise ist nicht allenthalben dieselbe. Die primitivste besteht darin, daß man ein in die Erde gegrabenes Loch ringsum mit platten Steinen auslegt, mit den frischen Nüssen füllt und alsdann durch Stampfen die ölreichen Schalen davon trennt. Darauf wird die Masse mit heißem Wasser übergossen, auf dem sich das geschmolzene Oel sammelt und abgeschöpft werden kann. Die Steinschale wird hierbei nicht zerstört und es war den Europäern vorbehalten, auch die Samenkerne zur Darstellung eines vortrefflichen Oeles zu verwerthen. Aus den Früchten junger Bäume, die noch keine Blätter verloren haben, bereiten die Eingeborenen nach dem Auskochen des Oeles die Palmsuppe, welche nach dem Zeugnisse von Dr. Th. Vogel vortrefflich schmecken soll.

Im Jahre 1821 importirte England nur 3000 Ctr. Palmöl, 1845 schon 25,000 Ctr., 1850 über 45,000 Ctr., während gegenwärtig die Einfuhr 800,000 Ctr. übersteigt. Neben England führen namentlich Frankreich (Marseille, Bordeaux, Havre), Deutschland und neuerdings auch die Union bedeutende Mengen dieses Fettes ein, so daß sich der Gesammtimport auf etwa 60000 Tonnen beläuft. Nimmt man den Preis per Ctr. zu 13 Thlr. an, so macht dies die ungeheure Summe von 15,600,000 Thalern, eine Summe, die durch keinen anderen Ausfuhrartikel Afrikas erreicht wird. Im Jahre 1860 betrug die Ausfuhr an Palmöl von Liberia bereits 234,700 Dollar, während der nächstwichtige Artikel, das Camwood, nur 40,000 Dollar werth war. Von den Häfen der englischen Colonie Lagos

(Abeokuta, Lagos, Badagry, Palma ꝛc.) gehen ungeheure Massen dieses Oeles nach Europa, und doch wird hier, theils wegen der Indolenz der Bewohner, theils wegen mangelnder Transportmittel kaum der vierte Theil der Früchte benützt. Im Jahr 1865 betrug die Gesammtausfuhr dieser Colonie L. 517,253, wovon mehr denn ³/₅ auf's Palmöl kommen.

Diese wenigen statistischen Notizen werden — unvollständig wie sie sind — genügen, die hohe Bedeutung der Oelpalme für den Handel darzuthun, und so wende ich mich der kurzen Betrachtung von einem zweiten einflußreichen Gewächse dieser Region zu, nämlich:

Der Erdnuß oder Erdmandel (Arachis hypogaea L.) franz. pistage de terre; engl. pea-nut oder earth-nut. Dies ist ein höchst interessantes Glied von der großen Familie schmetterlingsblüthiger Gewächse, dessen Cultur sich über den größten Theil der wärmeren Erde verbreitet hat. Die Pflanze ist ein Sommergewächs mit niederliegendem, stellenweise wurzelndem Stengel, der 1½—2 Fuß lang, gerieft, gewöhnlich von Grund aus veräftelt und sehr blattreich wird. Die etwa zwei Zoll langen Blattstiele sind an der Basis von zwei lanzettförmigen, lang zugespitzten Nebenblättern fast scheibenartig umgeben, tragen nach der Spitze hin zwei Paar elliptische oder verkehrt eiförmige Fiederblättchen, welche in der Regel ganzrandig, bei einer selteneren Abart jedoch gezahnt sind. Gewöhnlich kommen 2—3 Blüthen aus einem Blattwinkel; sie haben einen ziemlich langen, röhrenförmigen, zweilippigen Kelch und eine umgedrehte gelbe Krone. Nach dem Verblühen verlängern sich die anfangs kurzen Blüthenstiele und krümmen sich zur Erde, in welche die Frucht gewöhnlich ihrer ganzen Länge nach eintritt und zur Reife gelangt. Diese Frucht ist eine etwa zolllange, walzenförmige Hülse von erbfahler Farbe mit netzartig geriefter Oberfläche. Gewöhnlich trägt sie zwei Samen, welche nach der Mitte hin durch eine deutlich wahrnehmbare Einschnürung getrennt sind. So gleichen diese Hülsen oft den Erdzellen der Mauerwespen an Farbe, während sie in Gestalt und Größe an viele männliche Cocons des Maulbeerspinners und insbesondere des japanesischen Weißspinners erinnern. Hülsen mit drei Samen sind äußerst selten, häufig dagegen solche mit nur einem; an diesen ist dann auch die erwähnte Einschnürung nicht zu finden.

Die Samen gleichen an Gestalt und Größe den Kernen der gewöhnlichen Haselnüsse, sind äußerlich rothbraun, innerlich weiß, sehr ölreich (44°/o) und den Mandeln und Wallnüssen ähnlich an Geschmack; doch zeigt sich bei den rohen Samen ein allen Hülsenfrüchten eigenthümlicher unangenehmer Nachgeschmack, der indeß durch Rösten oder Kochen vollständig zerstört wird. Wohl gibt es unter den Leguminosen auch noch andere mit ölreichem Samen, auch sind mehrere Arten derselben mit in der Erde reifenden Früchten bekannt, aber keine außer der Erdnuß, welche diese beiden Charaktere in sich vereinigt. Schon seit sehr lange pflanzt man sie des geschätzten Oeles (Katjang-Oel) wegen in China und Indien an und benützt dasselbe zu Speisen und zum Brennen.

Gewöhnlich wird Brasilien, wo sie unter dem Namen Mundubi bekannt ist, als Vaterland dieser Pflanze angesehen. Doch hat man wie beim Mais und Tabak oft gezweifelt, ob sie wirklich blos ein Einwanderer aus der neuen Welt und nicht auch anderwärts einheimisch gewesen sei. Ja die von Plinius (XXI. 52) unter dem Namen Arachidna beschriebene Pflanze Aegyptens ist für unsere Erdnuß gehalten worden und es wäre hiernach Afrika ihre eigentliche Heimath, womit denn auch die Thatsache, daß man sie fast über diesen ganzen Continent kennt und baut, übereinstimmt. In den spanisch redenden Ländern Amerikas kennt man die Erdnuß unter dem Namen Mani und benutzt die Samen in verschiedener Weise als Nahrungsmittel. Ihre Cultur erstreckt sich nordwärts bis zu den südlicheren Staaten der Union, doch wird sie auf allen Märkten auch im Norden wie Obst als «Pea-nut» verkauft und ist bei Jung und Alt sehr beliebt. Oft steckt sich der nie rastende Yankee seine Rocktaschen voll geröstete pea-nuts, um die Pausen zwischen seiner Arbeit mit ihrem Oeffnen und Verzehren auszufüllen.

In Südeuropa gedeiht Arachis hypogaea recht wohl, wird jedoch wenig cultivirt; bei uns dagegen bringen in warmen Sommern die im Mai der Erde anvertrauten Samen wohl kräftige Stengel und Blüthen, aber keine reifen Früchte hervor.

Ein leichter Boden im warmen Klima ist für ihren Anbau am günstigsten, und solche Bedingungen findet sie an der Westküste Afrikas südlich der Sahara, daher hat denn auch dieses Gewächs hier eine Bedeutung erlangt, wie in keinem andern Gebiete der Erde.

Die Hauptausfuhrdistricte für die Erdmandeln sind Senegambien, Liberia und Sierra Leone, welche schon im Jahr 1853 über 900,000 Bushels lieferten. Vor 25 Jahren waren sie noch nicht im Zollregister Senegambiens aufgeführt, während jetzt gegen eine Million Kilogramme ausgeführt werden. England und Nordamerika, vor allem aber Frankreich sind die Hauptabnehmer dieses Artikels, und es gehen davon alljährlich viele Schiffsladungen nach Marseille, Bordeaux, Nantes, Rouen und anderen Häfen. Im Jahr 1856 brachte ein Haus von Marseille zum ersten Mal versuchsweise 5 Pfund Katjangöl in den Handel, seitdem übersteigt die Einfuhr an Erdmandeln in diesen Hafen 70 Millionen Kilo. Die daraus gewonnenen Preßkuchen repräsentirten bereits 1861 ein Gewicht von 239,000 Ctr., das Oel aber wurde nach allen Richtungen versandt, denn dem Olivenöl an Güte gleich, hat es als Speiseöl, sowie zum Schmieren von Maschinen von Jahr zu Jahr größere Bedeutung erlangt.

Die Erscheinungen des Parasitismus,

vorgetragen beim Jahresfeste, am 21. Mai 1871,

von

Dr. F. C. Noll.

Meine Herren!

„Wenn der Mensch mit regsamem Sinne die Natur durchforscht oder in seiner Phantasie die weiten Räume der organischen Schöpfung mißt, so wirkt unter den vielfachen Eindrücken, die er empfängt, keiner so tief und mächtig als der, welchen die allverbreitete Fülle des Lebens erzeugt."

Mit diesen Worten leitet Humboldt seine Physiognomik der Gewächse ein, und er gedenkt dabei des Gesangs der Vögel und des Summens schwirrender Insekten, das selbst nahe den beeisten Polen ertönt; des Belebtseins auch der oberen ätherischen Schichten; der noch größeren Wunder, die das bewaffnete Auge enthüllt; der organischen Gebilde, die tief in das Innere der Erde hinabsteigen; der Lebensfülle der unergründeten Meere; der zahllosen Gewürme von wunderbarer Gestalt, die die Sumpfwasser verbergen, und endlich der Geschöpfe, die „von mannigfaltigen Luftmengen umgeben und mit dem Lichte unbekannt" leben, nämlich der das Innere anderer Geschöpfe bewohnenden Parasiten.

So sehen wir in der That die „verborgensten Räume der Schöpfung mit Leben erfüllt". Und wie vielgestaltig tritt uns dieses entgegen! Nirgends Tod und Stillstand! Nicht nur, daß auf den Ruinen neues Leben erblüht, auch das Leben selbst muß dem Leben seinen Beitrag steuern, und organische Wesen gedeihen auf Kosten anderer belebter Gebilde. Die Pflanze ernährt mit ihren Theilen nicht nur zahlreiche Thiere sondern selbst wieder pflanzliche Gebilde, die auf ihrer Oberfläche festsitzen oder das Innerste durchziehen, und ebenso werden thierische Körper von außen sie anfallenden Räubern zur Beute oder bergen feindliche Wesen in ihren inneren Theilen, ja diese eingeschlossenen Schmarotzer selbst sind von den Angriffen neuer Feinde nicht verschont: in zerstörender Thätigkeit begriffen erliegen sie selbst wieder den Angriffen kleinerer Feinde.

Gewiß, meine Herren, gehört der Parasitismus zu den merkwürdigsten Erscheinungen in der Natur. Er ist ein Ausfluß jenes lebenerweckenden Princips, das bildet und schafft da, wo die Bedingungen dazu vorliegen, der Boden vorhanden ist, und wenn selbst kaum Geschaffenes darüber wieder zu Grunde gehen sollte. Denn nicht selten endet das Schmarotzerthum damit, daß der Wirth d. h. das die Parasiten nährende Geschöpf zu Grunde geht, mit ihm aber zugleich oft zahlreiche seiner feindlichen Bewohner.

4

Mit Recht hat man die Parasiten, die thierischen wenigstens, mit den Raubthieren verglichen; der Zweck beider ist das Leben auf Kosten Anderer, nur ist die Art, wie beide zu Werk gehen, eine verschiedene. Mit roher Gewalt überfällt das größere Raubthier das kleinere Geschöpf, um es sich nutzbar zu machen — der Parasit, der seinem Wirthe immer an Größe nachsteht, weiß darum aber nicht weniger zu seinem Ziele zu gelangen. Er hat die Mittel, sich festzusetzen und seinem Wirthe die nöthige Nahrung zu entziehen, nicht oder kaum bemerkt, wenn er allein oder nur kurze Zeit thätig ist, um so gefährlicher und unangenehmer aber, wenn die Wirkung durch die gemeinsamen Angriffe vieler Mitgenossen verstärkt wird, denn das Raubthier tödtet doch verhältnißmäßig noch rasch, während die Parasiten schleichenden und qual= vollen Tod verursachen.

Also kleinere Geschöpfe sind die Parasiten im Verhältniß zu ihrem Wirthe, und damit hängt zusammen, daß wir in der That die meisten und ausgebildetsten Schmarotzer, unter den Pflanzen sowohl wie Thieren, bei den Typen finden, deren Individuen in der Regel in geringer Größe auftreten, bei den Pflanzen unter den Algen und Pilzen, bei den Thieren von den Gliederthieren und Mollusken abwärts bis zu den Protozoen, während die höher organisirten und in bedeutenderer Größe auftretenden Wirbelthiere nur in ihren niedersten Formen, einigen Fischen, noch einen kleinen Theil zu den Parasiten liefern.

Wenn wir als Parasiten überhaupt aber mit Leuckart „im wei= teren und eigentlichen Sinne des Worts alle diejenigen Geschöpfe bezeichnen, die bei einem lebendigen Organis= mus Nahrung und Wohnung finden", so wird uns klar, von welcher Ausdehnung und wohl demnach auch Bedeutung der Parasitismus sein muß. Die Mistel sowohl, die ihre Wurzeln in die Rinde der Laub= und Nadelbäume schlägt, wie der Pilz, der Kraut und Knollen unserer Kartoffel durchsetzt; die Saprolegnie, die die Haut und Flossen der Gold= fische in dem Bassin unseres botanischen Gartens zerstört, sowohl wie die Bacteridien, die den verwüstenden Milzbrand bei den Wiederkäuern verur= sachen — die Käferlarve hinwiederum, die im Innern des Eichenstammes ihre Gänge ausfrißt, wie die Raupe des Kohlweißlings, die das Blatt unserer Kohlarten bewohnt und zerfrißt, die Schnake, die blutdürstend ihren Rüssel in die Haut warmblütiger Thiere senkt, und die Würmer, die, abgeschlossen von der Außenwelt, Muskeln und Eingeweide der größeren Thiere bewohnen — sie alle sind Parasiten.

Auf den Blick aber tritt uns auch die Vielgestaltigkeit des Parasitismus vor die Seele, seine stufenweise Ausbildung und seine tief eingreifende Wirk= samkeit in dem Haushalte der Natur, und gewiß ist es nicht ohne Interesse, auch diese Verhältnisse nach ihren verschiedenen Eigenthümlichkeiten in das Auge zu fassen.

Wie wir in der Natur nirgends eine Erscheinung unvermittelt dastehen sehen, wie sich Verwandtes an Verwandtes reiht und eine Ableitung des Bestehenden aus bereits Vorhandenem sich, wenn auch nicht immer beweisen doch ahnen und vermuthen läßt, so lassen sich auch keine scharfen Grenzen ziehen, wo der Parasitismus anfängt und das Freileben aufhört, so finden sich zwischen Geschöpfen verschiedener Art oft Verhältnisse, die nicht gerade das Schmarotzerthum zum Zwecke haben, die aber doch die betreffenden Geschöpfe in Abhängigkeit von einander bringen, so daß in der That das eine ohne das andere nicht existiren könnte. Mehrfach sind diese gegenseitigen Beziehungen, denen wir allerdings nur im Thierreiche begegnen, Gegenstand fabelhafter oder dichterischer Ausschmückung gewesen. Wer sollte nicht einmal von dem Muschel= wächter, Pinnotheres, gehört haben, einer kleinen Krabbe, die das Innere größerer Muscheln bewohnt und von welcher Plinius erzählt, daß der Krebs der blinden Muschel seine Augen leihe, d. h. sie benachrichtige, wenn eine Beute in der Schale eingeschlossen sei und daß ihm dann für seine Wach= samkeit ein Theil derselben zufalle. Wenn wir das Verhältniß der beiden Thiere zu einander auch aller poetischen Auslegung entkleiden müssen, so ist es immerhin doch ein sehr inniges; die Krabbe lebt, wie ihre bleiche Färbung hinreichend dokumentirt, stets im Innern der Muschel, wo sie Schutz und Nahrung findet, ohne letztere aber dem lebenden Muschelleibe zu entnehmen. Beide Thiere aber mögen von dem Zusammenwohnen ihren Nutzen ziehen. Die gröberen Gegenstände, die mit dem Athemwasser in die Schale der Muschel eindringen und von dieser nicht verschluckt werden können, werden von den Krebsen zerkleinert und kommen in ihren Abfällen wohl theilweise der Steck= muschel zu gut, vielleicht aber sind es auch die Darmabgänge des einen der Kameraden oder auch beider, die wieder zur Benutzung als Speise kommen, wie ja die Ameisen die süßlichen Abgänge der Blattläuse zu verwerthen wissen und in ihren Wohnungen selbst wieder kleinere Geschöpfe, zarte Käfer und blinde Asseln (Typhloniscus) durch ihre Absonderungen ernähren.

Eine Reihe ähnlicher Thatsachen, wie die hier berührten, sind in letzter Zeit durch van Beneden übersichtlich dargestellt und unter gemeinsamen Gesichtspunkten zusammengefaßt worden. Commensalismus, Tischgenossen= schaft, hat van Beneden dies Verhältniß benannt. Es betrifft stets Thiere von ganz verschiedener Art und Lebensweise, von denen sich das eine dem andern aufgedrängt hat und die nun beide in inniger Beziehung zu einander stehen. Der Gast drängt sich seinem Wirthe auf, ohne daß er deßwegen Parasit genannt werden könnte. Er zieht zunächst, in vielen Fällen wohl allein, den Nutzen aus dem Zusammenleben; er wird dem Wirthe durch seine stete Gegenwart wohl oft zur Plage werden, aber sicher ist es, daß sehr häufig die Leistung eine gegenseitige ist und der Wirth nicht so bequem ohne seinen Gast wie mit demselben zu existiren vermag. Beide wohnen zusammen und essen gewissermaßen an demselben Tische, was eben die Bezeichnung Commensalismus veranlaßt hat. Solche Verhältnisse finden wir auch unter den Thieren auf dem Lande, wie wir es von den Ameisen schon angedeutet haben und wie es durch mannigfache Thatsachen aus dem Leben der Insekten belegt werden kann; am meisten und auffallendsten aber begegnet uns der Commensalismus bei den Geschöpfen des Meeres, und es gehört zur weiteren Aufgabe der Zoologen, den Grund vieler solcher Verhältnisse noch aufzufinden. Selbst Fische sehen wir in Tischgemeinschaft mit verschiedenen Geschöpfen; ein kleiner Stego= philus hat den Rachen eines brasilianischen Welses sich zum Aufenthalt erkoren; in dem Schlunde von Holothurien findet eine Donzella Schutz und Nahrung, und an der indischen Küste sah ein englischer Offizier einen kleinen Fisch aus dem Munde einer Aktinie heraussteigen, um nach Belieben wieder in das Innere seines Wirthes zurückzukehren. Auffallend ist der Commensalismus zwischen einigen Einsiedlerkrebsen, die bekanntlich ihren weichen Hinterleib in leeren Schneckenhäusern bergen und in diesen auf dem Meeresboden umhermarschieren, und einigen Aktinien. Beiliegendes Blatt zeigt Ihnen in Fig. 1. Adamsia palliata Johnst., eine rothfleckige Anemone, die an den Küsten von Europa in größerer Tiefe auf Schneckenschalen gefunden wird, in welchen ein Einsiedlerkrebs haust.

Die Adamsie siedelt sich als junges Thier auf dem Spindelrand der Schale an, bleibt darauf sitzen und umwächst dann auf eigene Art die Mündung derselben, indem sie zwei seitliche Lappen bildet, die endlich auf dem äußeren Rand der Schale in einer Furche zusammenschließen. Eine weitere Eigenthümlichkeit, die andern Aktinien abgeht, ist die, daß Adamsia eine Membran an ihrer Grundfläche absondert, damit gewissermaßen eine Verlängerung des Schalenrandes baut und sich so eine bequeme Stütze schafft. So wird sie von dem Pagurus Prideauxii, der stets in der Schneckenschale getroffen wird, mit umhergenommen. Und daß der Adamsie eine solche Stütze von nöthen ist, geht aus ihrem Aufenthalte an schlammigem Grunde, wo sonst Aktinien nicht gefunden werden, hervor. Da aber findet sie reichliche Nahrung, denn sie soll gierig Würmer verzehren, und jedenfalls erhält dann auch ihr Träger leicht einen Theil der Beute.*)

Ein ganz ähnlicher Fall ist neuerdings von Hong-Kong bekannt geworden.*) Eine Krabbe, Dorippe facchino, die dort ebenfalls auf schlammigem Grunde lebt, fühlt das Bedürfniß, ihren jugendlichen Rücken zu bedecken und schafft zu dem Zwecke mit ihren letzten, aufwärtsgekrümmten Füßchen irgend ein Steinchen oder Muschelstückchen auf ihren Panzer, wie dies eine Gewohnheit vieler Krabben ist. Auf diesem Gegenstande siedelt sich aber sehr gern eine kleine Aktinie, Cancrisocia expansa Stimpson an, die wie Adamsie eine dünne Membran absondert und damit Stein und Krabbe allmälig überzieht. Mit der Krabbe wächst die Cancrisocia, die vielleicht ebenfalls die von dem Krebse aufgestörten Würmer jagt und nun als schützender Gegenstand von den Hinterbeinen der Krabbe zärtlich festgehalten wird.

Noch liegen hier einige Gegenstände vor, die uns den erwähnten Commensalismus deutlich illustriren: Eine Krabbe des Mittelmeeres, Dromia vulgaris, trägt einen sonderbaren Mantel auf dem Rücken; es ist ein übelriechender Schwamm, Sarcotragus spinulosus, der den Krebs schützend diesen überwuchert. Ein anderer Schwamm, Suberites domuncula, aber wird in der That seinem Wirthe, einem Pagurus, gefährlich, indem er, wie Sie aus diesem Beispiele ersehen, die Mündung der Schale überwuchert und den Krebs völlig einschließt.

Wiederum sehen Sie hier einen kleinen Schwamm mit eigenen Polstern an dem oberen Rande besetzt, deren jedes in seiner mittleren Oeffnung die Schale eines Cirripeden, einer Acasta, erkennen läßt. Die ebenfalls krebsähnlichen Thiere hatten sich auf dem Schwamme niedergelassen und dort im leisen Wasserstrome, der von der Oberfläche des Schwammes unterhalten

---

*) Gosse. The british Sea-Anemones. London 1860.
**) Proceed. of the Essex Institute 1868.

wird, ihre Schale zu bauen angefangen. Durch das Strudeln ihrer unermüdlichen Füßchen begünstigten sie aber gerade an der Stelle, wo sie sitzen, das Wachsen des Schwammes, der sie zu überwuchern anfängt. Daß dies nun der ständige Platz der Acasta ist, zeigt ihr eines Fußpaar, das mit starken Dornen zum Zerreißen der überwuchernden Schwammsubstanz besetzt ist, eine Einrichtung, die eben nur den Schwamm bewohnenden Balaniden zukommt. Im Innern eines anderen Schwammes, der prächtigen Euplectella, gewahren Sie durch das Netzwerk der Kieselnadeln Reste einer Krabbe, Aega spongiophila, die fast regelmäßig und zwar meist in einem Pärchen in der Euplectella angetroffen wird, ohne je lebend den reizenden Kerker verlassen zu können. Aus diesen wenigen Beispielen erhalten wir Klarheit über das Wesen des Commensalismus, der ja darin dem eigentlichen Parasitismus ähnelt,, daß der schwächere Gast seine Wohnung bei dem stärkeren Wirthe meistens bleibend nimmt, während er jedoch diesen selbst nicht behufs seiner Ernährung angreift.

Der wahre Parasitismus hat dagegen zum Zweck stets die Ernährung des Schmarotzers auf Kosten seines Wirthes. Ernährung und Fortpflanzung sind es ja vornehmlich, die die Thiere in Beziehung mit der Außenwelt setzen, sie zur Ortsveränderung hauptsächlich veranlassen, während die übrigen Lebensfunctionen das Geschöpf auf sich selbst beschränken. In der That werden wir auch sehen, daß der Parasitismus die beiden Zwecke verfolgen kann, den der Ernährung wie den der Fortpflanzung; letzterer allerdings ist der am seltensten auftretende. Der gemeinste aller Triebe, die Befriedigung des Hungers, der das ganze Leben des Thieres von Anfang bis zu Ende andauert, bewirkt die meisten Fälle des Schmarotzens.

Aber auch in anderer als in der vorhin erwähnten Weise sehen wir den Parasitismus sich eng anschließen an das Freileben, denn nicht selten kommt es auch vor, daß Geschöpfe nur gelegentlich Schmarotzer sind, wie es die günstige Gelegenheit oder auch die Nothwendigkeit veranlassen. Fliegenlarven, die von faulenden Substanzen sich nähren, halten sich zufällig auch in lebenden Organismen auf, wenn diese durch krankhafte Stellen die Fliegen veranlassen, ihre Eier da abzulegen, und die schadhafte Stelle ist es dann oft nicht allein, die den Angriffen der gelegentlichen Schmarotzer ausgesetzt ist. Deutlichere Beispiele für solchen gelegentlichen Parasitismus lassen sich noch unter den Würmern auffinden, die überhaupt neben den Crustaceen das größte Contingent an Parasiten stellen. Aber auch bei Pflanzen kommt der gelegentliche Parasitismus vor.

So ist nach de Bary, dem genauen Kenner der niederen Pflanzenformen, der Unterschied zwischen den Pilzen, die in faulenden Substanzen leben, den Saprophyten und den Parasiten, in vielen Fällen jedenfalls verwischt.

Wie uns Dr. Kloß*) vor zwei Jahren von dieser Stelle aus mittheilte, waren bei einem Kasuar, der hier im zoologischen Garten starb, ächte Schimmelpilze bis in die Backenknochen stark verbreitet und hatten jedenfalls zur Tödtung des Vogels mitgewirkt. Und die Goldfische, die in dem Bassin

---

*) Jahresbericht der Senckenb. naturf. Gesellschaft 1869.

unseres botanischen Gartens schnell hinstarben oder in Folge einer Hautkrank-
heit Schuppen und Rückenflossen verloren, erhielten diese Zerstörung von einem
dichten Pilzüberzuge, der den Fischkörper vollständig einhüllte. Es ist eine
Saprolegnie, ein Pilz, der sich sonst nur auf todten Insectenkörpern, die im
Wasser faulen, einstellt, der aber nach den Versuchen Hoffmann's auf die
Haut der Fische mit Erfolg verpflanzt werden kann.

Und selbst bei höheren Pflanzen, bei Dikotyledonen, scheint der gelegentliche Parasitismus aufzutreten, wir könnten ihn da vielleicht partiellen Parasitismus nennen. Die Familie der Rhinanthaceen enthält bekannte Gewächse,
Hahnenkamm, Rhinanthus, Wachtelweizen, Melampyrum, Läusekraut, Pedicularis, Augentrost, Euphrasia u. a. und von vielen derselben ist nachgewiesen, daß sie zwar im freien Boden wachsen können, daß sie aber, wenn
sie mit ihrer Wurzel auf die Wurzeln anderer phanerogamischen Pflanzen
treffen, sich innig an diese anschmiegen und nun Haustorien bilden, Saug-
warzen nämlich, welche mit ihrer inneren Schicht zapfenartig bis auf den
Holzkörper der fremden Wurzel eindringen und nun dieser einen Theil der
Nahrung entziehen. Arten von Pedicularis, Euphrasia und Bartsia, die aus
Samen frei gezogen waren, kamen nicht zur Blüthe, wohl weil ihnen die
nöthige Nahrungszufuhr von fremden Pflanzen fehlte. Auch von Thesium-
Arten soll ein ähnliches Verhältniß beobachtet sein. Unwillkürlich werden wir
an jene Zecken erinnert, die in der Jugend frei leben und erst fortpflan-
zungsfähig werden, nachdem sie das Blut eines Wirbelthieres genossen haben.

Wir haben hier Fälle, wo der Parasitismus von geringer Bedeutung
für die eben nur gelegentlichen Parasiten ist und demgemäß sehen wir auch
seine Einwirkung auf den Schmarotzer im ganzen von geringer Stärke, die
Rhinanthaceen grünen und wachsen wie andere Pflanzen und viele von ihnen
reifen freiwachsend ihre Früchte.

Ueberhaupt unterscheiden sich die Geschöpfe, die nur vorübergehend die
Säfte fremder lebender Körper genießen, noch wenig oder fast nicht von den
freilebenden und selbst räuberischen Arten ihrer Klasse. Der medicinische Blutegel ist ein solch temporärer Schmarotzer, keineswegs aber ist er in Ausbildung seiner Organe hinter dem überall gemeinen Aulacostomum nigro-
scens verschieden, der als Räuber den Würmern auf feuchter Wiese nachgeht;
ja der medicinische Blutegel hat eine höhere Ausbildung seiner Werkzeuge
und Fähigkeiten, denn er muß ja behende dem Wirbelthiere nahen, dem er
das Blut entziehen will. Die blutsaugenden geflügelten Insecten, Dipteren
hauptsächlich, zeigen ebenso keineswegs eine Verkümmerung eines Organs im
Vergleich mit ihren nahestehenden Verwandten.

In weit höherem Maße müssen wir die Thiere Parasiten nennen,
die ihre stete Wohnung auf ihrem Wirthe aufgeschlagen haben und ihr
ganzes Leben hindurch sich auf dessen Kosten nähren. Zwar finden wir unter
diesen stationären Schmarotzern noch vielfach solche, die auf der Oberfläche
ihres Wirthes eine bewegliche Lebensweise führen und bald hier, bald da die
äußere Bedeckung desselben angreifen. Ihnen fehlen, wenn sie auch unzweifel-
haft Insecten sind, schon die das Insect so scharf auszeichnenden Bewegungsorgane, die Flügel, und ich erinnere hier nur an die blutsaugenden Läuse
wie an die Pelz und Federn fressenden Mallophagen.

Wir sehen hier ein Organ schwinden, das doch den nächsten Verwandten dieser Thiere von so hoher Bedeutung ist, und haben im Anschluß daran nun zunächst nachzuweisen, wie überhaupt die weitere Ausbildung und Festhaltung der schmarotzenden Lebensweise von größtem Einflusse nicht nur auf den Wirth, sondern auf den Parasiten selbst wird, wie dieser gewissermaßen in Strafe für seine Trägheit und Zudringlichkeit nur eine niedere Stufe seiner Körperausbildung erreicht oder wie er gar eine rückschreitende Metamorphose erdulden muß, indem Organe, deren er sich in seiner Jugend erfreute, geradezu mit dem längeren Festsitzen verkümmern und verschwinden. Denn ein Naturgesetz ist es, daß Organe, die keine Verwendung finden, in ihrer Ausbildung zurückbleiben und, wenn die Vernachläffigung Generationen hindurch fortdauert, bei den Nachkommen endlich gänzlich verkümmern, daß aber dagegen ein Organ durch fleißigen Gebrauch stets mehr vervollkommnet wird und daß diese Weiterbildung durch Vererbung sich endlich bis auf gewissen Grad auf die jüngeren Geschlechter vererben kann. Könnten wir für diese Behauptung doch sogar Beweise aus dem Leben der Völker anführen. Und so sehen wir denn zwischen dem Raubthiere und dem Parasiten gewaltige Unterschiede, um so mehr hervortretend, je mehr sich die gewählte Lebensweise ausprägt, das Raubthier muskelkräftig, gewandt, mit scharfen Sinnesorganen, ja selbst mit erhöhten Geisteskräften, den Parasiten stufenweise herabsinkend zum scheintodten Schlauch, der schließlich nur noch die Aufgabe der Vermehrung zu besorgen hat.

Deutlich erkennen wir den nächsten Schritt zu solcher Rückbildung schon bei den Infectenlarven, denn in dem Leben der meisten Infecten vertheilen sich bekanntlich die Triebe der Ernährung und Fortpflanzung auf verschiedene Lebensalter, die Larve muß freffen und nur freffen, während der Imago oft nicht einmal mehr brauchbare Mundwerkzeuge besitzt, wie dies z. B. bei dem Seidenschmetterling der Fall ist, der ebendeshalb so bequem zum Hausthiere gemacht werden konnte, weil er nicht um Blumen schwärmt, sondern nur noch sich paart, Eier legt und dann abstirbt. Die Infectenlarven aber gehören zu einem großen Theile zu den Parasiten und zwar eben zu den stationären. Die Raupe, die die Außenseite der Pflanzen bewohnt, und durch auffallende Farbenähnlichkeit mit ihrer Nährpflanze geschützt ist, sie hat noch Augen, wenn auch nur kleine und für das Nahesehen berechnete, auch scheint sie fast durch die größere Zahl der Füße gegen den Schmetterling bevorzugt, aber es sind eben nur Haftorgane, die sie allein befähigen, sich gegen die Bewegungen der Pflanze im Winde festzuhalten. Die Larve des Bockkäfers und des Hirschkäfers, die das Innere unserer Bäume durchfreffen, sie stehen schon etwas tiefer in ihrer Ausbildung: bleich ist ihr Leib, denn nicht kennen sie der Sonne färbende Strahlen, und der stete Aufenthalt im Dunkel läßt ihr Auge entbehrlich werden, sie wandeln blind der Jugend Pfade, um erst später als vollendete Freier und Bräute sich der Augen und des Lichtes zu erfreuen.

Sie gleichen hierin ganz den das Innere der Erde und die Höhlen der Gebirge bewohnenden Thieren. Auch diesen mangelt der Glanz der Farben, ist das überflüffige Auge geschwunden, und nicht nur ist dies der Fall bei Höhleninsecten, deren Kunde in der letzten Zeit wesentlich vermehrt ist, sondern selbst Wirbelthiere theilen diese Eigenthümlichkeit. Der Fisch, der die Wasser der großen Kentuckyhöhle bewohnt, der Olm, der in der Adelsberger Grotte augenlose Krustenthiere jagt, sind bleiche, gesichtslose Thiere, und selbst die Blindmäuse, die die Erde durchwühlen, zeigen uns Aehnliches.

Wie Auge und Farbe, die ja beide mit dem Lichte in nächster Beziehung stehen, mit dem Eintreten des inneren Schmarotzerthums zunächst und zugleich schwinden, wird uns weiter durch eine Fischart deutlich illustrirt. Unsere bekannten Neunaugen, Petromyzon, sind bewegungsträge Geschöpfe, denen ihr Fortkommen durch Form und schlechte Ausbildung der Flossen auch wesentlich erschwert wird; sie sind grau von Farbe mit etwas Silberglanz und haben zwei entwickelte Augen, die ihnen zum Auffinden von Fischen, an welchen sie von Zeit zu Zeit Blut saugen, um dann wieder an Steinen und Hölzern der Ruhe zu pflegen, unentbehrlich sind. Ihre nächsten Verwandten im Meere aber, die Myxinen, die ständig an Fischen angesogen bleiben, ja sich oft bis in deren Leibeshöhle durchbohren, sind bleich von Farbe, ohne entwickelte Augen und überhaupt so nieder ausgebildet, daß Linné sie zu den Würmern stellte.

Ist dem Parasiten in nächster Nähe nun gar eine solche Nahrungsfülle geboten, daß sie zur völligen Ausbildung ausreicht, dann werden auch die übrigen Sinnesorgane, zumal die Fühler, wie auch die Bewegungsorgane überflüssig und wir sehen die Larve zur Made herabsinken, wie dies bei Bremsen- und Ichneumoniden und bei den pflanzenbewohnenden Gallwespen der Fall ist. Zum Anklammern an senkrechten Wänden, wie zum Fortschieben in engen Gängen treten dagegen Borstenreihen auf, die die Leibesringe säumen und durch ihre rückwärts gerichtete Stellung das Herabgleiten und Zurückrutschen des Thieres verhindern.

Aber auch auf die ganze Körperform des Schmarotzers ist sein Aufenthalt im Innern anderer Organismen von Rückwirkung; ihm gilt es, sich Höhlungen anzupassen, durch feine Kanäle durchzuschlüpfen, und da ist keine Gestalt bequemer als die wurmförmige. Und wirklich nehmen die meisten der inneren Parasiten, selbst aus den verschiedensten Typen, die Milben, Krebse und Mollusken, dieselbe an. Das sehen wir wiederum in den Fällen, wo das geschlechtsreife weibliche Insect die parasitische Lebensweise der Larve beibehält, während das Männchen den bisherigen bequemen Aufenthalt verläßt, um den Gegenstand seiner Liebe draußen in der Welt aufzusuchen. Die männlichen Thiere sind in solchem Falle — und ihnen fällt ja fast immer die Aufgabe zu, den zärteren Weibchen nachzugehen — mit den nöthigen Bewegungswerkzeugen ausgerüstet, die den Weibchen ganz abgehen. Die ganz sonderbare Insectenfamilie der Strepsipteren illustrirt uns diesen Dimorphismus der beiden Geschlechter. Die Larven der hierhergehörigen Xenos-Arten leben schmarotzend im Hinterleib von Wespen, bohren sich endlich zwischen zwei Ringen durch die weiche Verbindungshaut und beginnen nun, halb aus der Wespe hervorstehend, die Verpuppung. Das ausschlüpfende Weibchen ist ein unbehülfliches wurmförmiges Geschöpf, das der Bewegungsorgane gänzlich entbehrt und in seiner Puppenhülle stecken bleibt, wo es von dem herbeieilenden Männchen befruchtet wird, denn dies hat sogleich nach dem Verlassen der Puppe seine eigenthümlichen Flügel benutzt, um sich davon zu schwingen und die harrende Braut zu suchen. Auch bei den Krebsen tritt uns ein wesentlicher Unterschied in beiden Geschlechtern, ein solcher Dimorphismus, nicht selten entgegen. Sehen Sie nur diesen Bopyrus. Auf der Schale eines Granatkrebses, Palaemon squilla, den ich von Herrn Schepeler erhielt, fand sich in der Kiemengegend der einen Seite eine starke Auftreibung der Schale, und bei dem Oeffnen dieser Stelle zeigte sich an den Kiemen sitzend, ein Schmarotzerkrebs, ein weiblicher Bopyrus squillarum, von ganz abenteuerlicher Gestalt. Die Mundtheile sind verkümmert, die Augen verschwunden und bei dem Größerwerden unter dem engen Panzer des Wirthes ist selbst die Symmetrie des Körpers nicht einmal erhalten, der sich schief nach einer Seite zieht. Bei Untersuchung des 4 Linien langen Weibchens aber fand sich bald der dazu gehörige, nur 1 Linie große Mann. Er sitzt nämlich zwischen den Platten an dem Schwanzende des Weibchens verborgen, ist regelmäßig gebildet und zeigt die Sinnesorgane wohl ausgebildet, ein Beweis, daß er von außen her seiner plumpen Geliebten zugeeilt sein muß. Er schmarotzt aber doch jedenfalls auf längere Zeit auf der Außenfläche des Weibchens unter den schuppenförmig umgebildeten Beinen verborgen. Dieser Unterschied der Größe führt nun in einigen Fällen zum entschiedenen Parasitismus des kleinen Männchens bei dem größeren Weibchen. Leuckart hat 1867 bei der hiesigen Naturforscherversammlung mitgetheilt, daß bei Trichosoma crassicaudatum, einem Wurme aus der Harnblase der Wanderratte, neben den Eiern kleine, 3 Mm. große Würmchen bekannt waren, die man für ausgeschlüpfte Embryonen ansah. Genauere Untersuchungen haben aber dargethan, daß es die geschlechtsreifen Männchen dieses Wurmes sind, die in der Vagina des Weibchens leben und die in den Eileiter eintretenden Eier befruchten. Verschiedene Beobachtungen sprechen dafür, daß die Männchen von außen in die Weibchen einwandern, und wir haben also hier einen der wenigen Fälle, wo die Fortpflanzung als der Hauptzweck des Parasitismus bezeichnet werden muß.

Wesentlich begünstigt wird der Parasitismus im Innern anderer Geschöpfe bei solchen Thieren sein, die der besonderen Athemorgane entbehren, bei denen vielmehr die Haut auf ihrer ganzen Oberfläche die Function der Kiemen übernimmt. Hierdurch wird die Körperbildung der Schmarotzer wieder um ein wesentliches vereinfacht, sie zum Leben tief im Innern fremder Organismen befähigter, und aus diesem Grunde mit treten die ächtesten Schmarotzer am häufigsten unter den Würmern und Krustaceen auf, beide zusammen gleich häufig im Wasser, erstere allein bei den Landthieren.

Groß ist die Zahl der Würmer, die in den verschiedensten Körpertheilen der Thiere wie des Menschen gefunden werden, aber selbst bei ihnen sehen wir noch eine stufenweise Verkümmerung der Organe ganz anschließend an die Intensität des Parasitismus. Nicht nur, daß viele derselben, vorzugsweise die .ben Dünndarm bewohnenden, keinerlei Ortsveränderung nöthig haben und demnach selbst die Muskelschicht unter der Haut, die die Bewegung der Würmer bewirkt, verhältnißmäßig schwach entwickelt ist — außer den Bewegungs- und Sinnesorganen gehen hier sogar oft noch die Verdauungswerkzeuge selbst verloren, Mund, Magen und Darm fehlen manchen dieser Schmarotzer völlig und die Ernährung wird einfach durch Aufsaugung, vermittelt durch die ganze Oberfläche, aus dem den Parasiten umfließenden Chylus des Wirthes bewirkt, die dabei nöthige Ausscheidung durch feine Gefäße, die in einen oder mehrere Hauptkanäle ausmünden. Und bei den verschiedenen Wurmtypen, die schmarotzend auftreten, Rundwürmern und Plattwürmern, zeigen sich die gleichen Erscheinungen. Kann man sich in der That einen einfacher organisirten Wurm denken als einen Echinorhynchus oder Bandwurm. Ein Schlauch oder Band, die in dem flüssigen Inhalt des Darms flottiren und keinerlei innere Organe zeigen als die erwähnten Excretionsgefäße und die Geschlechtsdrüsen!

Freilich müssen noch Werkzeuge zum Festhalten vorhanden sein, da der Parasit sonst leicht fortgeschwemmt werden könnte, und Haken, Borsten und Saugscheiben finden wir bei allen Schmarotzern mehr oder weniger entwickelt. Viele, wie der gemeine Bandwurm, tragen Haken und Haftscheiben zugleich. Welche Functionen aber bleiben schließlich übrig, um ein solches Wesen überhaupt als ein Thier zu erkennen (bei Bandwürmern ist nicht einmal ein Nervensystem nachgewiesen)? Es sind die geringen Contractionen, die ein solcher Körper ausführt, und dann besonders die Ausbildung der Geschlechtsorgane. Und in Bezug darauf müssen wir den Echinorhynchus, bei dem die beiden Geschlechter in verschiedenen Individuen ausgebildet sind, noch für höher organisirt erkennen als den zwittrigen Bandwurm, bei dem jedes einzelne Glied als gleichzeitig Männchen und Weibchen sich selbst genügt. Bei dem Echinorhinchus muß das Männchen sich doch noch nach dem Weibchen hinbegeben und sich um die Vereinigung bemühen, was bei dem Bandwurm wegfällt. In letzterem sehen wir darum die niederste Stufe der Ausbildung des Wurmtypus, die höchste Stufe des Parasitismus; der Umstand, daß seine lange Kette von Gliedern eigentlich eine ganze Kolonie von keimproducirenden Individuen ist, beeinträchtigt diese Anschauung keineswegs, bestärkt sie im Gegentheile. Denn wenn wir die knospenbildende Amme, den Kopf des Bandwurms, wenn wir die einzelne Proglottis mit Samen und Eiern als Individuen betrachten, dann zeigt uns die ganze Wurmreihe keine solche Einfachheit der Organisation.

Nicht minder zeigt uns die gleiche Verkümmerung, das gleiche Herabsinken zur bloßen Fortpflanzungsmaschine die Reihe der schmarotzenden Krebsthiere. Von jenem Bopyrus an, der an den Kiemen größerer Crustaceen schmarotzt, finden wir ganz analog wie bei den Würmern eine stufenweise Verkümmerung sämmtlicher Organe, so daß ebenfalls schließlich nur noch ein Sack mit Geschlechtsdrüsen übrig zu bleiben scheint. Die Glieder der bis jetzt noch angenommenen Gruppe der Schmarotzerkrebse führen uns Geschöpfe vor, die wir für alles eher halten möchten als für Krebse; denn die ganze äußere Gestalt zeigt keinerlei Gliederung, wie sie doch den Crustaceen sonst zukommt, der Leib hat eine sackartige oder wurmförmige Gestalt; Mund und Darm sind zwar vorhanden, aber die Mundwerkzeuge oft völlig verkümmert, und ebenso sind die Bewegungsorgane nur höchst krüppelhaft ausgebildet oder ganz zu Haftlappen geworden, die in das Innere des Wirthes eingesenkt werden. Diese Thiere, die den Einfluß des Wassers auf die Haut nicht entbehren können, sitzen von dem Augenblick an, wo sie zum Schmarotzer werden, an einer weichen Stelle auf der Haut von Fischen oder Krebsen, besonders gern aber an deren Kiemen und zeigen meist auch den schon erwähnten Dimorphismus der beiden Geschlechter. Das äußerst kleine Männchen hängt an der unförmlichen und gegen es selbst riesigen Gattin außen an und läßt sich von ihr durch das Leben schleppen. Aber auch bei den Crustaceen, und zwar in der Gruppe der Cirripeden, haben wir Parasiten, die beide Geschlechter in einem Individuum vereinigen. Und auch hier treffen wir wieder den einfachsten Körperbau. An dem Hinterleib von Krabben und Einsiedlerkrebsen hängen die sonderbaren Gestalten der Wurzelkrebse, völlig ungegliederte Schläuche, die mit einem wurzelartigen Geflecht in das Innere des Wirthes eindringen und dessen Darm oder Leberschläuche umspinnen, um sich so zu nähren. Mund und Darm fehlen also auch hier und der innere Körperraum zeigt nur noch die Ovarien, zwischen denen die Hoden eingebettet liegen, sowie eine rückenständige Oeffnung, aus der die befruchteten Eier hervortreten. Was sollen wir aber dazu sagen, wenn, wie es von Fritz Müller beobachtet ist, eine Bopyrus-ähnliche Assel die Stelle ansaugt, wo das Wurzelgeflecht dem Leibe des Schmarotzers entspringt, diesen selbst lostrennt und nun an den Wurzelfäden sich weiternährt, die keineswegs absterben, sondern in dem Wirthe sich mächtig weiter entwickeln? Wir haben hier wirklich, wie Oskar Schmidt sich ausdrückt „Mäuler, die extra todtgeschlagen werden müssen, nachdem die dazu gehörigen Leiber längst vermodert sind.“

Darf es uns Wunder nehmen, meine Herren, wenn man nach der einfachen Organisation schließend, die Wurzelkrebse anfangs für Würmer hielt, und wenn man früher, ebenfalls nur nach äußerer Aehnlichkeit schließend, sämmtliche im Innern anderer Thiere lebende Würmer unter einer Familie der Helminthen, Eingeweidewürmer, vereinigte? In der That sehen wir gleiche Lebensverhältnisse gleiches Aeußere bedingen, die „Anpassungscharaktere,“ wie Ed. v. Martens richtig diese durch Einwirkung äußerer Verhältnisse bewirkte Abänderung den „Bildungscharakteren“ gegenüberstellt, hier in hohem Grade sich ähnlich. Und dennoch zeigen die Bildungscharaktere, d. h. die den Typus des betreffenden Geschöpfs verrathenden Eigenthümlichkeiten des Baues, die übrigens nur in früher Jugend der beregten Geschöpfe sicher erkannt werden können, da sie sich später durch Anpassen an die Bedingungen des Lebens völlig verwischen, daß wir es hier mit ganz verschiedenartigen Geschöpfen zu thun haben. In der Jugend sind die sämmtlichen Schmarotzerkrebse frei bewegliche mit Bewegungs- und Sinnesorganen ausgestattete Thiere, die erst später, mit Beginn ihrer sitzenden Lebensweise, sich rückzubilden anfangen. In gleicher Weise hatte man auch die Pentastomen, milbenähnliche Geschöpfe im Innern anderer Thiere, wegen ihrer wurmförmigen Gestalt, ihrer Farblosigkeit und wegen der Verkümmerung ihrer Locomotionsorgane den Würmern zugezählt, und in gleicher Weise ist die schmarotzende Schnecke Entoconcha mirabilis durch ihre Anpassung ganz den Helminthen ähnlich geworden. Eine kleine Schnecke mit einer dünnen Natica-ähnlichen Schale wandert in eine Holothurie, Synapta digitata, ein, an deren Darmwand sie sich ansaugt, alle Sinnes- und Bewegungsorgane verliert und sich in einen langen Schlauch verwandelt, der die beiderlei

Geschlechtsprodukte in sich erzeugt. Die Ernährung dieses Fortpflanzungs-schlauches geschieht an der Stelle, wo er sich mit einem Saugnapf an den Darm der Synapta anlegt.

Ich glaube, meine Herren, wir haben zur Genüge erkannt, wie der aus-gebildete Parasitismus den schmarotzenden Thieren eine niedere Organisation bedingt, wie die rein animalen Lebensfunctionen mehr und mehr erlöschen und das Leben eben nur noch ein vegetatives ist. Aber auch bei den schma-rotzenden Pflanzen sehen wir eine verhältnißmäßig geringe Ausbildung solcher Organe, die den nahe verwandten Gewächsen von größter Wichtigkeit sind. Die freiwachsende Pflanze treibt zahlreiche Wurzeln in den Boden oder das Wasser, um die nöthige Zufuhr zu erhalten, sie entfaltet ihre Laub-blätter dem Lichte entgegen, um durch die Chorophyllbildung den ihr nöthigen Kohlenstoff aus dem Kohlensäuregas abzuscheiden, sie muß zahlreiche Zellen-complexe in Bewegung halten, um die Assimilation der aufgenommenen Roh-stoffe zu bewirken. In je höherem Maße eine Pflanze nun den schon von einer anderen Pflanze verarbeiteten Stoff sich zu eigen macht, um so mehr werden auch ihre eigenen, zum Aneignen und Verarbeiten der Nahrung be-stimmten Organe verkümmern, sie wird ihre Kraft auf die Ausbildung der Blüthentheile fast ausschließlich verwenden können und sich zu großer Frucht-barkeit steigern, wie wir dies bei den parasitischen Thieren bemerken.

Die Mistel, Viscum album, treibt ihre Wurzeln unter die Rinde verschiedener Bäume, der Pappel, des Apfelbaumes, der Eiche*) sowohl wie der Kiefer, und da sie von dem verschiedenen Safte dieser Bäume gleich gut gedeiht, darf wohl geschlossen werden, daß sie die noch nicht assimilirte Nah-rung, die im Stamme aufströmt, in sich aufnimmt, „sie braucht ihrer Nähr-pflanze nur Wasser und Mineralstoffe zu entziehen." Das dürfen wir ferner schließen aus dem Vorhandensein entwickelter Blätter, sowie des in der Pflanze verbreiteten Chlorophylls. Die meisten übrigen pflanzlichen Schmarotzer sind fest an eine Pflanzenart oder wenigstens an nahe verwandte Species gebun-den. Manche Arten der Flachsseide, Cuscuta, freilich sehen wir auf Nesseln, Gräsern und Weiden gleich gut gedeihen, die Blätter und das Chlorophyll aber fehlen der Flachsseide völlig; nur kleine gelbliche Deckblättchen sieht man unter den Blüthenknäueln. Ihr windender wurzelloser Stengel schließt sich fest an die umschlungene Pflanze an und bildet Reihen von Saugwurzeln, die in die Oberfläche des Wirthes eindringen.

Schmarotzer, die auf ganz bestimmte Pflanzenfamilien, ja oft auf eine einzelne Species hinsichtlich ihrer Ernährung angewiesen sind, sind die zahl-reichen Arten von Orobanche.

Von der Wurzel oder dem Wurzelstocke von Leguminosen meistens er-hebt sich der bräunliche Stamm der Sommerwurz, seine Blätter sind schup-penartig anliegend, klein, braun von Farbe und entbehren demnach des Chlorophylls wie auch der Stigmata, jener zahlreichen Oeffnungen auf der Unterseite unserer Laubblätter, durch welche der Gasaustausch zwischen Pflanze und Luft vermittelt wird. Die Sommerwurz ist also nur abhängig von

---

*) Da in neuerer Zeit die Frage mehrfach aufgeworfen wurde, ob die Mistel auch wirklich auf Eichen vorkomme, sei bemerkt, daß der verstorbene Lehrer Schmitz von hier sie an dem Buchrainweiher auf einer Eiche entdeckte.

dem affimilirten Safte ihres Ernährers, dem sie mit dem stumpfen Ende ihres Stammes aufsitzt, denn nicht einmal eigene Wurzeln bildet sie. Ihre Lebensaufgabe besteht lediglich im Aufsaugen der fertigen Nahrung und dann in der Bildung ihrer Blüthen, die im Sonnenlicht eine lichtblaue oder bräunlichrothe Färbung erhalten. Treten wir aber ein in den Schatten des Waldes, dann finden wir am Boden zwischen dem Laube ähnliche Schmarotzer, die Nestwurz, Neottia Nidus avis, aus der Familie der Orchideen, den Pyrulaceen ähnlichen Fichtenspargel, Monotropa Hipopitys, und die den Orobanchen verwandte Schuppenwurz, Lathraea squamaria, Pflanzen, die ebenfalls verkümmerte Blätter ohne Chlorophyll und Stigmata besitzen, die aber durch ihre durchaus bleiche Färbung unwillkürlich an den Olm der unterirdischen Gewässer erinnern; sie haben noch die Eigenthümlichkeit, daß sie bei dem Trocknen im Herbarium schwarz werden.

Wie die Würmer unter den Thieren durch ihren ganzen Bau sich am meisten zum Parasitismus eignen und ja auch die meisten Schmarotzer liefern, so sind die Pilze unter den Pflanzen am meisten begünstigt, das Innere anderer Organismen, sowohl der Pflanzen wie der Thiere, zu bewohnen. Ihre meist microscopische Kleinheit gestattet ihnen, in das feinste Gewebe der Körper einzudringen, ihre Nährfäden, das Mycelium, saugen aus der Umgebung die nöthigen Säfte ein und entwickeln sich am liebsten dem Lichte abgewendet. Haben sie den fremden Körper hinlänglich durchfurcht, dann treiben sie aus seiner Oberfläche die fruchttragenden Aestchen mit zahlreichen Sporen, die bald das Verderben auf neue Körper übertragen, denn unter den Pilzen finden sich nicht nur die zahlreichsten sondern auch die gefährlichsten Parasiten des Pflanzenreichs. Der Brand im Getreide, die Kartoffel- und Traubenkrankheit, die Muskarbine unter den Seidenraupen, die Fäulnißbrut der Bienen, ja höchstwahrscheinlich die Cholera unter den Menschen selbst sind diesen unbedeutenden Pflänzchen zuzuschreiben.

Doch lassen sie mich noch eines merkwürdigen Parasitismus Erwähnung thun, der unsere bisherigen Anschauungen über eine ganze Pflanzenklasse völlig über den Haufen wirft. Die Flechten, die als Krusten Steine und Bäume überdecken, erweisen sich nämlich nach den neuesten Untersuchungen Schwendener's als Gebilde, die einem Parasitismus bestimmter Pilze auf bestimmten Algen ihre Existenz verdanken. Aus dem Innern des Fadengewebes der Flechten sind die chlorophyllhaltigen Algen unter dem Namen Gonidien längst bekannt. Es hat sich nun gezeigt, daß diese Algen, die nicht im Wasser selbst, sondern an feuchten Orten gedeihen, auch sich außerhalb der Flechten weiterentwickeln und zwar vollständiger als in dem Flechtenthallus, da bei einigen derselben im freien Zustande sogar die Bildung von Zoosporen beobachtet wurde, die man innerhalb der Flechten nicht kennt. Nie aber gelang es, weder aus ihnen noch aus den Sporen, die im sogen. Apothecium der Flechten sich entwickeln, neue Flechten zu ziehen. Die letzteren Sporen erweisen sich nämlich als die Fortpflanzungszellen eines Pilzes, der nur gedeiht, wenn er jene chlorophyllbildenden Algen und zwar immer eine bestimmte Art derselben trifft. Wächst also etwa an einer Baumrinde eine der betreffenden Algen, wird durch den Wind eine der auf ihr gedeihenden Pilzsporen zugeweht, dann treibt letztere ihr Mycelium und dieses umschlingt die Alge, die fortfährt, aus der Luft und von der Unterlage sich zu ernähren, ja durch Theilung sich noch zu vermehren, während die Pilzfäden sie eng umschlingen und ihr die zum Gedeihen nöthige Nahrung entziehen. Beide wuchern zusammen und entwickeln nun je nach ihrer verschiedenen Art die verschiedenen Formen der sogenannten Flechten. Gewiß müssen wir hier eine der merkwürdigsten Formen des Parasitismus erkennen.

Wenn, wie wir jetzt nachgewiesen zu haben glauben, die Ernährung der Hauptzweck des Parasitismus ist, wenn wir sehen, wie bequem in den ausgezeichnetsten Fällen des Schmarotzerthums diese Ernährung wird, da ja die bereits fertigen Nahrungssäfte des Wirthes dem Parasiten zuströmen, und wenn wir sehen, wie geringe Bewegungen der thierische Parasit in solchem Falle auszuführen braucht, dann verstehen wir, welche Ueberfülle von Einnahmen einem solchen Geschöpfe zukommt. Dieser Ueberschuß an Nahrung im Vergleich zu Geschöpfen, die im Freien ihrer Nahrung nachgehen müssen, kommt nun ganz und gar der Vermehrung der Parasiten zu gut, und hierin steht der Parasit in directem Gegensatz zu dem Raubthier, das Intelligenz und Ausdauer anwenden muß, um seine Beute zu erlangen und darum nur einer geringen Fortpflanzung sich erfreut. Bei den Parasiten treffen wir eine in das Unglaubliche gehende Vermehrung. Zwar können wir die pflanzlichen Parasiten nicht besonders hervorheben, da ja auch bei dem Stillleben der freien Gewächse von diesen oft eine ganz beträchtliche Zahl von Keimen entwickelt wird — bei den thierischen Parasiten wird aber offenbar die Erzeugungskraft im Verhältniß zu ihren freilebenden Verwandten gesteigert. Hören wir nur, daß ein einziger Spulwurm 64 Millionen Eier abzugeben im Stande ist und daß jedes Glied des gemeinen Bandwurms, Taenia solium, nach der Berechnung Leuckart's etwa 53,000 Eier enthält, was in einem Jahre, in dem ein Bandwurm mit Leichtigkeit 800 reife Glieder produciren kann, eine Summe von 42 Millionen Eiern ausmacht, so staunen wir mit Recht über eine solche Fruchtbarkeit. Die parasitischen Thiere dürften hierin sämmtliche freilebenden übertreffen.

Zur Vermehrung einer Species aber gehört keineswegs blos das Hervorbringen der Keime, es muß diesen auch Gelegenheit gegeben sein, in irgend einer Weise in der Welt herumzukommen und neue Heimstätten aufzusuchen. Die Wanderung der Geschöpfe im Eizustande oder auf irgend einer anderen Stufe der Entwicklung ist ein wichtiges Agens in deren Leben, und Wanderungen, active wie passive, finden wir im Leben aller Organismen ermöglicht. Die Samen der Gewächse werden auf die mannigfaltigste Art zerstreut, und nicht minder lehrt uns die Thiergeographie, daß die vielfältigsten Mittel und Wege in Anwendung kommen, um auch die Thiere oder deren Keime zu verbreiten. Sicher sind auch die Parasiten dieser Nothwendigkeit des Wanderns unterworfen, und wie bei anderen Geschöpfen, so sehen wir auch bei ihnen die Wanderung in verschiedenen Entwicklungsstadien eintreten und sehen wir diese Wanderung theils als active theils als passive. Wie vielfach bei der Verbreitung anderer Geschöpfe ist aber auch hier die Wanderung in den meisten Fällen eine passive, eine, wie wir sagen, zufällige; das heißt, der Keim oder das mehr entwickelte Wesen müssen es ruhig abwarten,

bis sie durch äußere, ganz außer ihrem Willen und ihrer Veranlassung lie=
genden Verhältnisse verschleppt werden. Dieser sogenannte Zufall spielt aber
in der Natur überhaupt eine so große Rolle, daß wir ihn lieber in unserem
Falle als Regel bezeichnen möchten, denn immer und immer wiederholt sich
ja doch dieselbe Art der Verbreitung.

Wir begreifen, daß die Trichine, die sich in die Muskeln eingewühlt
hat, der Bandwurm, der ohne Bewegungsorgane im Darme haftet, nicht
befähigt sein können, eigenmächtig ihren Wirth zu verlassen, um bei einem
andern sich einzumiethen — sie müssen warten, bis sie mit dem Fleische ihres
Wirthes in einen fremden Körper einwandern oder bis ihre ausgestoßenen
Eier in einen anderen Magen und Darm gelangen, und gewiß harren viele
dieser Parasiten, ja wohl die meisten, vergeblich auf solch günstige Reisegelegen=
heit; große Massen gehen zu Grunde, bis nur die wenigsten glücklich zum
Ziele gelangen, und wiederum sehen wir hier demnach die ungeheure Fort=
pflanzungskraft als nothwendig, um die Art zu erhalten.

Das Einwandern aus einem Körper in einen andern von sehr ver=
schiedener Art, aus dem Pflanzenfresser in den Leib des Raubthieres oder
auch umgekehrt, wird voraussichtlich aber dem gleichen Entwicklungszustande
des Parasiten, der in vielen Fällen ja auf einen ganz bestimmten Wirth
angewiesen ist, also eine bestimmte Zubereitung seiner Nahrung verlangt,
unzuträglich sein, der Wurm, wie er in den Muskeln des einen Thieres
existirt, wird unmöglich in derselben Form in dem Darme eines andern
existiren können, seine Ernährungsverhältnisse wie seine Form müssen sich
nothwendig ändern. Und in der That begegnen wir bei den Parasiten oft
den auffallendsten Metamorphosen: Aber oft hat es bei dieser nicht sein Be=
wenden; die neu entstandene Form ist vielmehr in nicht seltenen Fällen, ganz
entsprechend der ungeheuren Fruchtbarkeit der Parasiten, wieder vermehrungs=
fähig, es tritt, wie man diese Erscheinung nennt, Generationswechsel ein,
d. h. es gibt zwei oder mehr Reihen von Nachkommenschaft, die von ver=
schiedenen Entwicklungsstufen desselben Geschöpfes abstammen und ebenso wie
ihre unmittelbaren Eltern untereinander verschieden sind. Zwar hat man den
Generationswechsel zunächst bei freilebenden Geschöpfen, den Cölenteraten des
Meeres, kennen gelernt, in weit höherem Maße als bei diesen kommt er aber
bei den Parasiten vor und zwar sowohl den thierischen wie den pflanzlichen;
bei den thierischen am meisten bei den Würmern und hier wieder am aus=
gebildetsten bei den Trematoden. Die Leberegel, Distomum, die bei zahl=
reichen Thieren und selbst mitunter dem Menschen, die Gallengänge der Leber
bewohnen, legen dort gewaltige Mengen von Eiern ab, die mit der Galle in
den Darm und von da mit den Abgängen in das Freie gelangen. Im
Wasser allein entwickelt sich aus ihnen der mit Flimmern versehene Embryo,
der sich um seine Längsachse drehend dahinschwimmt, um sich an irgend eine
Wasserschnecke anzusetzen und nach Abwerfen der Flimmerhaut sich in deren
Inneres einzubohren. In der Schnecke wandelt sich das kleine Geschöpf in
einen Schlauch um, innerhalb dessen kleine geschwänzte Wesen, Cercarien, ent=
stehen, die bald aus dem Wirthe sich in das Freie durchbohren, dort frei
mittelst eines Ruderschwanzes bewegen, um schließlich unter Abwerfung dieses
Organs sich in ein zweites Weichthier einzubohren. Jetzt zieht sich der Leib

zusammen, bildet um sich eine Cyste und wartet nun geduldig die Gelegenheit ab, in den Magen des dritten Wirthes, eines größeren Geschöpfes, zu gelangen, um dort sich zu entpuppen und zum geschlechtsreifen Distomum zu werden. In den einzelnen Fällen höchst mannigfaltig von diesem Schema abweichend sind wohl die einzelnen Arten der Trematoden in Beziehung auf den Generationswechsel, immer aber wird durch ihn die Zahl der sich entwickelnden Thiere bedeutend vermehrt.

Aber auch bei den pflanzlichen Schmarotzern ist dieser Generationswechsel in nicht minderem Grade nachgewiesen und zwar vorzugsweise bei den Pilzen. Ja, hier scheint er sich öfters auf noch mehr als drei Wirthe zu erstrecken. Jedesmal schnürt die auf einer Pflanze vorkommende Form Keimzellen, Sporen ab, die auf eine andere Pflanze gebracht dort zu einer andern Pilzform sich entwickeln. Es ist den jetzt fleißig betriebenen Forschungen auf diesem Gebiet noch vorbehalten, uns über viele dieser merkwürdigen Entwicklungsprocesse aufzuklären. Ueber manches aber haben wir bereits interessante Aufschlüsse. So wissen wir durch de Bary, daß der Pilz Aecidium berberidis von den Blättern des Sauerborns und die Rostflecken der Puccinia graminis von mehreren Grasarten nur verschiedene Entwicklungsformen derselben Pflanze sind. Im Frühjahre treten die Aecidien auf der Berberitze auf, ihre Sporen aber keimen nur auf Grasblättern als Puccinie, die den ganzen Sommer ihre eigenen Sporen ausstreut, aus welchen wieder Puccinien werden, bis dann gegen Herbst aus diesen Pilzlagern Sporen eigener Form, die Teleutosporen, sich bilden, die dazu bestimmt sind, den Winter zu überdauern. Aus diesen aber treten im nächsten Frühling auf dünnen Fäden Keimzellen vierter Ordnung, die Sporidien, die vom Winde auf Berberisblätter übertragen dort wieder zum Aecidium sich gestalten.

Wir sehen aus diesen wenigen Beispielen, wie der Generationswechsel förderlich in den Dienst des Parasitismus eintritt. Wollen wir schließlich von der Rolle sprechen, die der Parasitismus im Naturhaushalte spielt, so wird uns diese Aufgabe wesentlich erleichtert durch die Mittheilungen, die unser verehrtes Mitglied, Herr Dr. Kloß in den Jahren 1856 und 1869 von dieser Stelle aus gemacht hat.*) Er hat da die Bedeutung des pflanzlichen Parasitismus im Naturhaushalte in meisterhaften Zügen dargestellt. Es bleibt uns eben nur zu wiederholen, daß die Wirkung der Parasiten eine verderbliche ist. Zwar hat man früher wohl von dem Nutzen gefabelt, den das Vorkommen von saugenden Insecten auf die Haut, von Würmern auf die Thätigkeit des Darms ausüben sollte: diese Ansichten haben sich längst als unhaltbar herausgestellt. In vielen Fällen allerdings geht das Dasein von Schmarotzern unbemerkt von ihrem Wirthe vorüber — aber zu sehr sind die Schäden in aller Erinnerung, welche die Peronospora infestans auf unseren Kartoffelfeldern, das Oidium Tuckeri in den Weinbergen besonders des Südens angestiftet haben. Hat letzteres nicht den ganzen Weinbau der Insel Madeira auf Jahre hinaus gänzlich unmöglich gemacht? Und wenn wir von den unsäglichen Leiden hören, die winzige Trichinen oder eine einzige Echinoccusblase in dem menschlichen Körper verursachen, wir lernen wahrlich

---

*) S. Jahresbericht 1856 und 1869.

die unheimliche Macht der kleinen Wesen fürchten, um so mehr, da wir ihnen, wenn sie einmal ihre Angriffe begonnen haben, rathlos gegenüber stehen.

Aber gleichwohl hat auch der Parasitismus seine gute Seite, nicht freilich für das Wesen, das er sich zum Opfer auserkoren und das er elend dahin würgt, wohl aber im großen Haushalte der Natur, die niemals die Existenz der Individuen achtet, die selbst Arten schafft und aussterben läßt.

Der Parasitismus ist uns ein Glied des großen Ganzen, ein wesentlicher Ring in der Kette der Lebenserscheinungen und als seine Hauptaufgabe dürfte es erscheinen, der allzugroßen Verbreitung einzelner Arten ein Gegengewicht zu setzen, seien es nun Arten, die von dem Menschen ängstlich gehütet werden oder solche, die unbeachtet von ihm in der Wildniß sich ausbreiten. Culturpflanzen und Thiere erfahren die steten Angriffe der Parasiten, der Wald, den zahlreiche Raupen zu vernichten drohen, wird geschützt durch die Angriffe der Pilze und Ichneumoniden auf die verderblichen Insectenlarven, ja die Species Homo sapiens selber vermag sich nur unter stetem Kampfe mit ihren kleinsten Feinden auszubreiten.

Als einen Ausfluß jener unerschöpflichen Lebensfülle erkennen wir den Parasitismus, jener Lebensfülle, die nur schafft und neubildet, um das Geschaffene dem Kampfe um's Dasein, dem baldigen Untergange zu überlassen. Es ist der Geist, der Faust zuruft:

> In Lebensfluthen, im Thatensturm
> Walle ich auf und ab;
> Webe hin und her!
> Geburt und Grab,
> Ein ewiges Meer,
> Ein wechselnd Weben,
> Ein glühend Leben,
> So schaff ich am sausenden Webstuhl der Zeit
> Und wirke der Gottheit lebendiges Kleid.

Nekrolog von Dr. med. Valentin Mardner.

Geboren am 26. October des Jahres 1838 als einziger Sohn des Oberlehrers der katholischen Mädchenvolksschule S. Mardner, erhielt der Verewigte seinen ersten Schulunterricht in der Selectenschule dahier, aus deren oberster Klasse er in die Tertia des Gymnasiums eintrat. Als gewissenhafter Schüler verfehlte er nie den Anforderungen der Lehrer im vollsten Umfange Genüge zu leisten; gleichwohl fand er übrige Zeit, um mit der ihm eigenen Thatkraft besondere Studien für sich zu machen. Er suchte sich nämlich zu dieser Zeit das Englische möglichst anzueignen, und sein erfolgreiches Streben in dieser Hinsicht führte ihn bald zu einer Vorliebe für die englische schöne Literatur. Während seines Aufenthaltes auf dem Gymnasium hat Mardner mit dem größten Fleiße Macaulay, Moore, Byron, Shakespeare gelesen und, wenngleich noch jung an Jahren, in den meisten Fällen ein sehr richtiges Verständniß dieser Meister englischer Sprache sich zu erwerben gewußt. Doch waren es nicht etwa nur die Muster eines fremden Volkes, die ihn beschäftigten; vielmehr vertiefte er sich ebenso in die Werke unserer Heroen der Dichtkunst, und andererseits nahmen die Franzosen, vorzüglich Corneille, Racine und Voltaire seinen Fleiß in Anspruch. Die Leichtigkeit, mit welcher Mardner die schwierigen Stellen in altklassischen Autoren sich klar zu machen verstand und seine vortreffliche Auffassung des Zusammenhanges ist seinen Mitschülern wohl noch in guter Erinnerung. Wenn nun für den mäßig begabten Jüngling eine so umfangreiche und verschiedenartige Lektüre gewiß von Nachtheil sein wird, da sie zur Zersplitterung und Flüchtigkeit führen müßte, so konnte dem befähigten Kopfe eine solche Beschäftigung nur förderlich sein. Und sie wurde für ihn von bleibendem Werth, da ein seltenes Gedächtniß die gesammelten Schätze treulichst bewahrte. Zu den Privatstudien außerhalb der Schule, die er mit regem Eifer betrieb, gehörten auch Mathematik und Geschichte.

Seine häuslichen Verhältnisse waren für geistige wie körperliche Ausbildung sehr günstige. Die Leitung des als tüchtiger Schulmann geachteten Vaters und die von ihm ausgehende Anregung, die liebevolle Sorgfalt einer verständigen Mutter wirkten in schönster Weise nebeneinander. Die Ferien pflegte der Sohn im Rheingau auf dem elterlichen Gute zuzubringen, wodurch ihm reiche Gelegenheit zu Naturbeobachtungen, besonders der Vögel und Fische geboten war.

Im neunzehnten Jahre verließ Mardner mit dem Zeugniß der Reife das Gymnasium, um sich dem Studium der Medicin zu widmen. Er ging zuerst nach Erlangen. Während des Jahres, welches er auf dieser Hochschule verbrachte, besuchte er naturwissenschaftliche Vorlesungen, in denen Physik, Chemie und Zoologie gelehrt wurde sowie geschichtliche und philosophisch-ästhetische Vorträge. Im Frühjahr 1858 begann er in Berlin, in welcher Stadt er bis zum Rigorosum verweilte, seine eigentlichen Fachstudien, zuerst unter Johannes Müller Anatomie und Physiologie und nach dessen Tode unter Reichardt und du Bois-Reymond. Es hatte sich damals aus strebsamen Medicinern ein physiologisches Kränzchen gebildet, in welchem die wichtigsten Gegenstände dieser Disciplin der Reihe nach zur Behandlung und Besprechung kamen. Eines der tüchtigsten Glieder dieses Kreises, dem auch der treffliche L. Hermann, dermalen Professor der Physiologie in Bern, angehörte, war Mardner. Remac's mikroskopische Curse besuchte er mit großem Interesse. Die physikalischen und meteorologischen Vorlesungen Dove's bildeten für ihn einen bedeutenden Anziehungspunkt. Später hörte er die Vorlesungen über Pathologie und Therapie und kam dann in die Kliniken von Frerichs und Traube, die beide ihn wegen seiner Kenntnisse und seiner bald erlangten Fertigkeit im Diagnosticiren hochschätzten. Eine reiche Sammlung von Notizen betreffend Krankenbeobachtungen und Vorträge der Kliniker stammt aus dieser Zeit, und der Schreiber derselben, der sie sich auf das Beste eingeprägt hatte, wußte in der Praxis später aus ihnen besonderen Nutzen zu ziehen. In der Chirurgie war Langenbeck sein Lehrer; da aber in dessen Klinik den Studenten keine Gelegenheit zum praktischen Eingreifen geboten zu werden pflegt, suchte Mardner in dem von Dr. Friedberg damals eingerichteten Polyclinicum Fertigkeit in kleineren chirurgischen Dingen sich zu erwerben. Geburtshülfe und Gynäkologie endlich lernte er bei Martin kennen; in dessen Polyklinik war er lange Zeit einer der fleißigsten Praktikanten. Am Schlusse seines achten Studiensemesters machte er das Rigorosum, bei welcher Gelegenheit die von tüchtigen physiologischen und pathologischen Kenntnissen zeugende Dissertatio inauguralis de respirationis ortu in neonatis entstand. Während nun Mardner in Berlin eifrig die Kliniken besuchte, pflegte er auf der anderen Seite in hohem Grade die Lectüre der betreffenden Fachwerke. Er verwandte bereits damals für einen Studenten bedeutend zu nennende Summen auf Bücher und besonders liebte er es, nebeneinander Arbeiten, welche das gleiche Thema behandelten, zu studiren. Wie er es schon auf dem Gymnasium gethan, beschäftigte er auch jetzt sich noch viel mit der schönen Literatur, insbesondre lernte er fleißig Italienisch. Im Gegensatze zu der, in den letzten Decennien bei den Medicin Studirenden herrschenden Richtung fand er ferner freie Zeit zur Beschäftigung mit Philosophie, doch war es nicht etwa die rein speculative Branche derselben, die ihn anzog; vielmehr suchte er die sog. praktischen Vertreter der Weltweisheit auf, einen R. Baco, J. Locke, Comte, Lotze. Es entsprach diese Richtung vollständig seinem ausgeprägten Sinn für das Praktische, der das geistige Leben des Menschen nicht abstract, sondern in seinen mannigfachen Wechselbeziehungen zum Körper und zur Außenwelt kennen lernen wollte.

Im Frühjahr 1861 finden wir Mardner in Wien. Die Fülle des Materials im dortigen allgemeinen Krankenhause bot die schönste Gelegenheit zur Beobachtung und zum eingehenden Studium der Krankheiten, während die glanzvollen Vorträge Hyrtl's nochmals zur Beschäftigung mit der Basis alles medicinischen Wissens, der Anatomie, mächtig anregten. Und hierzu war die beste Gelegenheit vorhanden, denn damals wenigstens gab es keine Universität deutscher Zunge, an der man so leicht für topographische Zergliederung oder zur Uebung im Operiren die nöthigen Cadaver erwerben konnte. Hebra,

Oppolzer, Schuh, Arlt, C. Braun sind die Männer, deren Vorträge beziehungs=
weise Kliniken Mardner während der langen Dauer seines Aufenthaltes
regelmäßig besuchte. Wie bereits in Berlin hat er auch hier über ihm wesentlich
erscheinende Dinge zahlreiche Notizen gemacht; und indem er sich auf diese
Weise mit der Auffassung und Behandlung der Krankheiten, wie die genannten
Professoren sie darlegten, genau bekannt machte, studirte er gleichzeitig die
betreffenden Werke englischer und französischer Aerzte und verglich deren An=
sichten und Resultate mit dem, was er täglich zu sehen und zu hören Gelegenheit hatte. Daß diese Methode des Lernens sicher zu einer fortwährenden
Kritik führen mußte, ist leicht einzusehen; sie konnte daher dem zum Kritisiren
stets aufgelegten Studirenden nur zusagen. Aber noch eine andere viel vor-
trefflichere Wirkung ging aus einer solchen Lernweise hervor, nämlich ein
Reichthum an Kenntnissen von Thatsachen und ein ununterbrochenes Ausfüllen
von Lücken im Wissen, die um so werthvoller waren, als sie durchaus keine
Büchergelehrsamkeit, sondern durchweg im Hinblick auf vorliegende Fälle erworben wurden. Damals bereits war Mardner in den Kreisen, mit welchen
er verkehrte, bekannt als ein in medicinischen Dingen ausgezeichnet belesener
Mann, so daß in dieser Hinsicht sich kein Gleichaltriger mit ihm messen
konnte. Nach einjährigem Aufenthalte in Wien kehrte Mardner nach Frankfurt
zurück zur Absolvirung seines Staatsexamens. Unsere damals noch bestehende
Prüfungscommission ertheilte ihm die erste Note: Ausgezeichnet. Mit dem
Beginn des Wintersemesters ging er wieder nach Wien und nachdem er bis
zum Beginn des Sommers 1863 geblieben war, verließ er dasselbe mit der
Absicht, nunmehr die ärztliche Praxis in seiner Vaterstadt auszuüben. Da
wurde ihm vom Geheimerath Professor Martin, bei dem er noch in bestem
Andenken stand, die Stelle eines Leibarztes bei einer russischen Familie an=
geboten. Es kostete einigen Kampf, bis Mardner sich entschließen konnte
diesem Ruf zu folgen; war er doch glücklich gewesen in dem Gedanken, in
Zukunft mit den Seinen leben zu können und mochte er sich nicht verhehlen,
welch tiefen Schmerz sein Weggang in das ferne, rauhe Land seiner Familie
bereiten würde. Auch verschob sich in diesem Falle der Beginn der hiesigen
Praxis, die er immer im Auge hatte, auf unbestimmte Zeit. Allein er nahm
die Stelle an und begleitete alsbald die russische Familie auf ihrer Reise von
Berlin über St. Petersburg, Moskau und eine Reihe kleinerer Städte nach
deren im Smolensk'schen Gouvernement gelegenem Landgute. Als der Verfasser
dieser Zeilen den Collegen auf seiner Route in Berlin sah, fand er ihn
körperlich und geistig in der besten Verfassung, voller Erwartung des vielen
Neuen, das sich ihm darbieten würde, und erfüllt von Zuversicht, daß es ihm
an Gelegenheit zum Erwerb reicher ärztlicher Erfahrungen nicht fehlen werde.
Die Verhältnisse, in welche er eintrat, waren im Ganzen recht angenehme;
durch sein bestimmtes selbstbewußtes Auftreten gewann er rasch die Achtung
der Familie, wie er sich denn auch durch aufmerksame und erfolgreiche Behandlung seiner Pflegebefohlenen deren dankbare Zuneigung erwarb. Der
große Mangel an nur einigermaßen guten Operateuren, welchen die von
größeren Städten entfernten Bezirke Rußlands zeigen, eröffnete Mardner die
Möglichkeit, chirurgische Praxis zu üben, wobei ihm seine fleißigen Uebungen
in Wien vortrefflich zu Statten kamen. Die Ausführung einer Reihe größerer

Operationen mit gutem Erfolge verschaffte ihm auf 25 Meilen weit einen Namen, so daß Hülfesuchende aus entfernten Gouvernements sich bei ihm einfanden, und er von Vielen, die vorher nirgends Heilung hatten finden können, der Wunderdoctor genannt wurde. Die nicht karg zugemessene freie Zeit, welche ihm Beruf und gesellschaftliche Anforderungen gestatteten, wurde dem Studiren gewidmet. Die nur kleine Zahl von Autoren, die er sich der leidigen russischen Censur wegen mitzunehmen erlaubt hatte, erhielt Zuwachs durch neue Anschaffungen auf allerdings sehr umständlichem Wege; in Rücksicht auf die vorliegende reiche Zahl chirurgischer Erkrankungen waren es vorzugsweise dieser Disciplin angehörige Werke. Als Mardner bereits zwei Jahre in Rußland war, kam der Schreiber dieser Zeilen ebenfalls dahin und hatte das Vergnügen, seinen langjährigen Freund und Studiengenossen auf dem nur 14 Stunden von seinem nunmehrigen Aufenthaltsorte entfernten Landgute zu sehen. Da er den Entfernten noch ganz so im Gedächtniß hatte, wie er ihn auf der Durchreise durch Berlin fand, erschrak er nicht wenig, als er das veränderte Aussehen desselben bemerkte; nicht mehr gerade, sondern vornübergebeugt, nicht frisch, sondern bleich, nicht laut redend, nein, heiser und unter Hüsteln sprechend traf er ihn. Doch war sein Humor und seine sarkastische Laune noch da, wie früher, und er legte diesen Erscheinungen nicht den geringsten Werth bei, obgleich die Familie dem neu Angekommenen gegenüber ihre ernsten Besorgnisse äußerte. Das Wiedersehen fand Anfangs Februar statt; bei einem zweiten Besuche im Frühjahr befand sich Mardner wieder vollkommen wohl, ritt fleißig spazieren und zwar auf dem wildesten Pferde am liebsten. Allein später stellten sich mehrmals wieder Katarrhe der Athmungsorgane ein. Noch ein Jahr dauerte es, bis sich Mardner zur Rückkehr nach Deutschland entschloß. Es war wohl die Sehnsucht der Eltern und der Schwester, die ihren Liebling bei sich zu sehen wünschten, und andererseits sein eigner Widerwillen, den ihm der Gedanke, in diesem unfreundlichen Klima die leistungsfähigste Zeit des Lebens zuzubringen, einflößte, daß er Rußland verließ. Sehr ungern ließ man ihn ziehen; wie sehr er vermißt wurde, bezeugen die späteren wiederholten Anfragen, ob er nicht in die alte Stellung und zwar unter viel vortheilhafteren Bedingungen zurückkehren wollte. Im Sommer 1866 begann Mardner hier seine ärztliche Thätigkeit. Es ging ihm, wie es im Anfang Vielen in einer mit Aerzten reichgesegneten Stadt geht, wenn nicht Familienbeziehung und andere günstige Umstände mitwirken: er hatte viele freie Zeit. Allmälig aber, wie er beim Publikum und unter den Collegen bekannter wurde, fand er Anerkennung und seine Praxis nahm demgemäß einen günstigen Fortgang: Diejenigen Aerzte, welche öfter mit ihm verkehrten; werden ihm die Anerkennung nicht versagen können, daß er ein feiner Diagnostiker, zugleich auch ein ausgezeichneter Therapeut war, dem neben der mit Emsigkeit erworbenen eigenen Erfahrung jederzeit auch die durch Lectüre gesammelten umfangreichen Erfahrungen Anderer am Krankenbette zu Gebote standen. Ist es daher unglaublich, wenn ich sage, daß seine Clienten ihn mehr als hochschätzten?

Wie er nun bisher stets Weiterbildung neben dem Berufe sich zum Ziele gesetzt hatte, so blieb er auch ferner diesem Streben treu. Ja, er erweiterte seine bisherige Aufgabe, indem er sich den Naturwissenschaften zuwandte. Bereits auf der Universität hatte er mit großem Interesse Collegien